ことばの恐竜　最果タヒ対談集

まえがき

ことばの恐竜。

私たちは言葉を道具のように使うけれど、でも本当はその内側にあるすべてのものを背負いきることなどできてはいない。言葉は、その言葉を使ってきたすべての人が見つめてきた意味や感情を内包して、私よりもずっと大きなものに育っている。それでも、言葉を使い、言葉を探し続けて生きてきていた。そうするしか、方法がなかった。私たちは人間という小さな存在のまま、大きな恐竜を背負うように暮らしている。そして、それが心強いこともあるけれど、痛みを伴うこともあった。

私は言葉を愛しています。その全貌が見えているわけではないけれど、でも、だからこそ、言葉を書くことに喜びを感じています。今回、言葉とともに生きることについて、私の尊敬する人たちと話をしました。一人ではきっと見ることのできない言葉の大きな輪郭に、この本で触れていただけたら嬉しいです。

最果タヒ

最果タヒ ×

対談再録にあたって、初出時の小見出しなどは適宜書き換え、表記は本書のフォーマットに合わせました。

× 松本隆

紙にのせることば、音にのせることば

松本 隆（まつもと・たかし）

一九四九年、東京都生まれ。作詞家。はっぴいえんどではドラムと作詞を担当。作詞家として松田聖子をはじめ多数のアーティストに二〇〇〇曲以上の歌詞を提供。九〇年代からはクラシックにも進出し、シューベルトの歌曲集に自ら日本語歌詞をつけプロデュースした『冬の旅』などを製作。二〇一五年に作詞家活動四五周年を迎え、トリビュートアルバム『風街であいませう』（完全生産限定盤）では最果タヒが解説を担当した。

松本隆さんと憧れ

言葉とは流れていくもので、消えていくもので、だから「覚えている」といったって、それはもはや、言葉ではなくその内側に収納していた情報や意味だけが残っている状態のようにも思う。言葉を受け止めてそれから、頭や心に収納するためには、そうやって整理をしなければいけないのだから仕方のないことだけれど、でも、それなら本当の意味で記憶のなかに残る「言葉」ってないのではないか？　それなら、私が今書いている言葉ってどこにいくのだろう？　言葉というものの曖昧であやうい存在のしかたにふと、不安になることもある。

それでも、記憶のなかにわずかに残り続ける言葉の輪郭があった。情報よりも意味よりも、語感やその感触がいつまでも響き続けている、そんな言葉が残っていた。私にとって、はっぴいえんどの歌詞はそうした存在です。十代の冬に聴いたあの言葉たちは、今も確実に言葉のまま私のなかで残っている。あのころ、私は言葉を書くということに、ただ単純に憧れた。そんな仕事があるならしてみたいと思っていた。あのころ、言葉へと伸ばした指先のまま、私は今、自分の言葉を書いています。

高校で出会ったはっぴいえんど

最果 わたしは子どものころは本を読まないで、中学生くらいからずっと音楽ばかり聴いていたんです。それで、高校のときに、はっぴいえんどの「ゆでめん」（1stアルバム『はっぴいえんど』の通称）に出会って、それまで日本語の歌をたくさん聴いてきたんですけど、それまでに触れたものとは違う、言葉の存在感みたいなものを音楽に強く感じました。わたしは自分が音楽好きだと思っていたんですけど、でも、本当は言葉のことが好きだったんじゃないか、って、言葉に出会いたくて音楽を聴いていたのかもしれない、ってそのときに思ったんです。

松本 それは一六歳くらい？

最果 はい。大学受験のときは、このアルバムをずっと聴きながら勉強していたので、聴くといまだに冬の景色が浮かんできてしまって、本当に大好きな一枚なんです（と言って持参したレコードを取り出す）。

松本 光栄です（笑）。

最果 歌詞って詩とも散文とも違うと思うんですけど、このアルバムは音楽はもちろん、歌ってる人の声とか歌い方とか、全部がピタッと合っていて、隅々まで命が吹き込まれていて、言葉に対する愛情がすごいあるなあと。言葉を書くということが、そのときとてもかっこいいことのように思ったんですね。楽しそうだなあ、って憧れもしました。一〇年後、実際に書く仕事をするようになったのも、この出会いがあったからだと思います。

松本 嬉しい。僕の書いた歌詞がきっかけになったわけだ。僕はね、ずっと現代詩が嫌いだった。でも今回、四〇年ぶりくらいかな、「この人は面白い!」と思った。どうしてか理由はわからないんだけど、韻文でも、ちょっと散文っぽいものでも両方いいよね。あなたの詩を読んで、言葉って面白いなあって、改めて思いました。僕、めったに人を褒めないから、こんなこと珍しいんだよ。褒めたの松田聖子ぐらいだから(笑)。

最果 わっ、ありがとうございます!

松本 何を表現したいかわかってる。それがわからないと言葉の遊びになっちゃうから、いくら芸術であっても、大衆と遊離しすぎると滅びるんだよね。遊ぶことは大事なわけ。飽きちゃうと人間って終わるから、いつも遊んでなくちゃいけないんだけど、なんのために遊んでるかっていうことがみんなわかってない。だから、言葉のために言葉で遊んじゃってつまらなくなる。この人が「好きだ」とか「嫌いだ」とか言うと、本当に心から出た言葉だから、重いんだ。

最果　ただの言葉遊びになってないかな、というのは書いていて不安でもあるので、気をつけて書いています。

松本　僕が歌謡曲の歌詞を書き始めたときに一つだけ自分に課した禁じ手っていうのがあって、それは難しい比喩はやめようということ。比喩のための比喩をやっちゃうと、ある程度学力がないとわからないものしかできない。僕はどちらかというと、幼稚園児とか、詩なんて一度も読んだことのない横丁のおばさんが聴いて、「あ、この歌いいわね」って思うようなものが作りたいと思った。だから、とにかく平易にしたわけ。それと漠然と考えてたのは、行と行の隙間を作っていけばいいなっていうこと。一行一行はすごく簡単でも、その行を合わせていくと隙間がいっぱいできるように。行の比喩って言えばいいのかな。でもこれは言葉の比喩と違って、ものすごい感性が高くないと見分けられないんです。アカデミックに教える人もいないし、気づいてる先生たちもいなかったから、いつか誰かがわかるかもしれないと、僕はずっと何十年も孤独な闘いをしてきた。最果さんは、高校一年くらいのときに、たぶんそれを感じてくれたんだと思う。

最果　行間のことはすごくわかります。歌謡曲だけでなく、はっぴいえんどの曲でも「抱きしめたい」（2ndアルバム『風街ろまん』収録）を聴いたとき、最後の「きみを燃やしてしまうかもしれません」に至るまでの話との間、行と行の空間にあるものに

「あっ!」って気づいた瞬間っていうのが、いまだにわたしのなかに残っていて、詩を書いてても、「今、あの感じになったかもしれない!」って、恐れ多いんですけど、近づいたかもって一瞬思うときがあって。自分の原稿を見て、あの感触がちょっとだけあるって感じると、絶対その詩が良くなってるんです。

松本 嬉しいね。調子に乗るからそんな褒めないでよ(笑)。

最果 いやいや、とんでもないです!

松本 「抱きしめたい」は、恋愛のいちばん最初に、何が発火点になるかを考えて、マッチみたいに摩擦すればいいんだって思ったんだ。摩擦するんだけど、フワフワした雲のなかにいるようなイメージで、「餡いろの雲に着いたら/浮かぶ驛の沈むホームに」って。そうすると、間の距離が上下するわけ。それで最後に、マッチをシュッと擦って火がつく感じ。

最果 は〜〜(ため息)。なんというか、全部言うと野暮になってしまうことが、美しい割合で表に出てきてる感じがして。それがたぶん、出てない部分というのが行間になってるんだと思いますけど、その選択が本当にすごいですよね。わたし、高校のときに、松本さんが松田聖子さんの歌詞も書かれてると気づいてから、はっぴいえんど時代の歌詞と見比べたんです。それで、言葉自体の選択は変わってるんですけど、やっぱり最後の最後、たぶんそれは今おっしゃった行間によるものだと思うんですけど、伝わってくる感触みたいなものが一緒だったんですね。あ、たぶん、聴いてる人もみんな無意識にこれに気づくから、伝わっていくんだなって思いました。あの、やっぱり詩を書いていると、「わかんない」とか「むずかしい」って最初のころは言われてて、「伝わるものではない」って自分のなかでは開き直ってたんですけど、でもだんだん「伝わらない」って言われたときはやっぱり寂しいなって思ってしまって。それよりも、「説明できないけど、わかるんです」って言われた方が嬉しい。

松本　『はっぴいえんど』の歌詞を最初作ったときは、先輩でジャックスの早川義夫さんがディレクターだったんだけど、「君の詞は何一つわからない」「難しくて理解できない」って言われて（笑）。僕は早川さんの詞は好きなんだけど、「早川さんは僕の詞をなんでわかんないんだろう？」って思った。でも、まあいいや、無視してようと。

最果　強い！

松本　ハハハ（笑）。そのときに細野（晴臣）さんと話してたのは、「わかる人だけわかればいいよね」って。で、それがはっぴいえんどだった。わかるセンス持ってる人たちが、一〇〇人いたら一人はいるだろうって。でも実際にはもっと多かったんだよね。そのときは「わからない」って言われたけど、実際には一〇年、二〇年、時間はかかるけど、みんなわかってくれてた。四〇年経って出会った最果さんもわかってくれたわけでしょ。だからいいモノさえ作ってれば、自分がいいと信じられるものを作って、置いていけばいいと思う。
最果 はい。心強い言葉です。
松本 で、そのあと歌謡曲やったときは、お金さえ儲かればいい人たちが周りにいっぱいいるから（笑）、「売れるように作ってあげるから、あとは好きにやらしてね」って。僕と彼らの共通項は売れることであって、そこから先は口出さないで、この線からこっち側は入らないでねって、そういう仕事のやり方をしてきた。だから、実は音楽業界のことは何も知らないんだ（笑）。あんなど真ん中にいたのにね。
最果 そうだったんですか。作詞家として活躍されていた時期には、いわゆる現代詩みたいなものはまったく読まれなかったですか？
松本 影響を受けたといえば、ボードレールの『悪の華』やジュリアン・グラックの『大いなる自由』だったりするんだけど、日本人では渡辺武信が好きだった。ちょうど『はっぴいえんど』を作ってるころ、彼の「風」（副題は「Aに」）という詩が気に入って。当時僕は「風」という言葉に執着していたから、共鳴したんだと思う。そのあと渡辺さんは書かなくなってしまった。あとは吉原幸子さんという人も好きだったんだけど、その方が亡くなってからは（二〇〇二年没）、本当に読まなくなった。だけど今あなたが出てきて、これでもう少し詩は続くなと思った。
最果 ひゃ〜、ジャンル丸ごとは背負えないです……。

空っぽの器

最果　実はわたし、最初は詩という意識はなくてウェブ日記を書いてたんですけど、ほかの人に「これは詩だよ」って言われてから、詩の投稿サイトに書き出したんです。

松本　すごく自然発生的なんだね。

最果　でも、詩の雑誌に投稿するようになってから、一度、技巧的な方向に崩れかけたことがあって、書くのがつまらなくなったんです。それで、これはダメだと思って、テレビとか音楽をかけながら書くようになったら、一気に軽くなったというか、いちばん上澄みのところで書けてるような感じがして、また書けるようになりました。

松本　みんな、かき回しちゃうんだ、自分のことを。そうすると汚れから何から全部出ちゃう。だから一回放っとくわけ。例えば恋愛してさ、ぐじゃぐじゃになって、それ書いたら面白いわけ。だけどそうじゃなくて一回放置して、半年くらいしてから見ると、汚いものが下に沈んで、上にきれいな上澄みだけが残って、それを掬ってあげればね、みんなが「いい」って言う（笑）。

最果　カッコいい！

なんだよ。

松本 それと、テクニックは、一回得たと思ったら捨てること。老子が「空っぽの器が大事」だって言ってるでしょ。物がいっぱいだったらそれ以上入らない。心も一緒なんだよ。

最果 どんどん捨てます。今は空っぽになって書くのがいちばん楽しいと思うので。

松本 「私」にこだわって、でも「無私」っていう感じかな。

最果 わたしは仕事として詩を書くようになって、自己満足ではなく、読んだ人がいいと思うものを作りたい、という気持ちが一層強まりました。新しい詩集（『死んでしまう系のぼくらに』、二〇一四年）ではそれが一応カタチになったのかなと。あんまり論理的に考えたことはないんですけど。

松本 論理はね、防御には使えるけど攻撃には使えないから。言い負かしても、相手のプライドに傷をつけるだけで勝ったことにならないし、必ず、恨まれるから。そうするとその仕事はだめになる。僕はそういう意味で政治もあまり信用してないかな。なるようにしかならないと思ってる。防御には使えるけど、攻撃は論理じゃない、感性で。て言ってもさ、みんなわかってくれないから、もうずーっと放っておくんだ。

最果 なんか、ニュースとかで情報を伝えるための言葉っていうのがあって、わたしが今まで詩を書いていて、「意味がわからない」とか「何が言いたいのかわからない」って言われることが何回かあって。

松本　うん。

最果　でも、なんとなく、それでいいんじゃないのかな？って思うんですよ。例えば、色塗ってて、「なんでここ赤を塗ったの？」って訊かれることはないのに、「なんでこの言葉と言葉の間にこんな言葉が入ってるの？」とか訊かれるのは、ずっとすごくもや〜っとしていて。でも、それを取り除いたら、つまんないよなって思ってたんですよね。何か言葉に関してだけは、はっきり言うことがいいことだ、ちゃんとメリハリをつけて、伝えることがいいことだと思っている人が多いというか、あまりに、みんな同じことを言う。例えば「親友」って友達のことを言って、「親友」という枠にその子を入れちゃうけど、ほんとに「親友」っていう関係だっけ？　もっと何かわたしたちだけの関係ってなかった？みたいな。そういう感覚があって、ずーっともやもやしてたんですけど、「もう、ええわ！」って思って、なんとなくの方がたぶん楽しいから、みんなもやろうよっていう気持ちを、今回の（詩集の）あとがきには書きました。

松本　最果さんの詩は、全部、自分と周りの人たちの距離を測ってるよね。こうやって巻き尺持って（笑）。

最果　そうかもしれないです。言葉の向こうには読む人がいるんだ、っていうのを感じ取りながらじゃないと、書くことはできない気がします。

言葉のなんでも屋さんになりたい

松本　ところで、朗読はするの？

最果　わたし自身はしたことがないんです。わたしはインターネットを小学校から使ってるんですけど、毎日声で聴く言葉よりも、ネット上で読む言葉の方が多い生活をしてきました。文字をその人なりのリズムで読むことは自然な行為なので、わたしのリズムを伝える必要はないって思ってたんです。でも、最近、若い人たちがわたしの詩を朗読したものをネット上にアップしてくれるんですよ。それを聴いてたら、朗読ってこんな面白いんだって初めて気づいたんです。言葉が声に乗ることで読んでる人自体の呼吸や感性とくっついて、別の新しい作品に生まれ変わる気がして。

松本　それぐらい最果さんの言葉が強いってことだけどね。やっぱり言霊ってあってさ、魂がくっついてるわけ。言葉はその人を支配しちゃうから。やっぱり古代の人間は詠んで伝えたと思うんだ。西洋の音楽っていうのは、羊飼いの音楽が原点なわけ。それはエルンスト・ヘフリガーっていう有名なテノール歌手に聞いた説なんだけど、夕方になると「さあ帰ろう」って羊に歌を歌ったというんだ。それがクラシックの原点だって。それはなんかわかる気がするよね。そう考えると、日本の音楽の原点ってなんだろうと思ったら、やっぱり雨乞いじゃないかな。歌や詩を紙に書き始めたのはそれに比べたら歴史が浅い気がする。だから僕は二〇歳くらいのときに、紙の詩は捨ててもいいかなと思った。とりあえず音楽が好きだから、音に乗せて自分で言葉を書けばいいと。それで、初めて真面目に書いたのが『はっぴいえんど』の歌詞だった。

最果 初めてにしては、優秀でしょ？（笑）

松本 それはヤバイです！

最果 細野さんに、「松本、歌詞書け」って言われてさ。どうやって書いたらいいかわからなかったから、大学一年時にクラスに英語のできる子がいて、サイモンとガーファンクルの「サウンド・オブ・サイレンス」の歌詞を持ってって、「これちょっと日本語に訳して」って頼んだんだ。そしたら、「こんな難しい詩は日本語に訳せない」って言われて。だから実際、訳してもらったのを読んでもわけがわからなかった。ああ、わけわからなく書けばいいんだなって（笑）。

最果 わたしも、詩を書こうと思って書き始めたタイプじゃないので、「詩人」っていう意識もあんまりなくって。特定のジャンルにこだわらず、言葉のなんでも屋さんになりたいというか。なかでも作詞は憧れです。

松本 最果さんなら簡単にできると思うよ。僕が保証する。

最果 そんな！ でも、アイドルの歌詞はいつかやってみたいなって思ってるんです。

初出：『BRUTUS』（マガジンハウス）二〇一五年3／1号
インタビュー・テキスト：小林英治
＊本書籍のために再構成

× 大森靖子

ミラーレンズになりたい。

大森靖子（おおもり・せいこ）

一九八七年、愛媛県生まれ。シンガーソングライター。武蔵野美術大学卒。大学進学を機に上京し、高円寺を拠点として活動。弾き語りライブが口コミで話題に。二〇一一年からは大森靖子＆THEピンクトカレフとしてのバンド活動も開始。〝激情派〟とも呼ばれるパフォーマンスや詞世界が業界でも注目される。一四年のシングル「きゅるきゅる」でメジャーデビュー後も強い印象を残すが、一五年五月にTHEピンクトカレフが解散。出産を経て、一六年に復帰。同年三月に2ndアルバム『TOKYO BLACK HOLE』を発表。一七年三月に『kitixxxgaia』をリリース。一六年に、最果タヒとの共著『かけがえのないマグマ　大森靖子激白』を発表。

大森靖子さんと時代

大森さんの歌を聴いていると、同時代に生きているということをいつも、強く意識する。この対談で初めて会う前からそうだったし、それから何度かお会いしても、一緒に本を作ることになっても、やっぱりその感覚は変わらなかった。けれど、それは親近感とかではけっしてなくて、むしろ私は遠さを感じていた。遠くに、でもたしかに大森さんがいる、ということが私にとっては大切だった。

大森さんの歌を初めて聴いたのはもう四年以上前だ。彼女の「魔法が使えないなら」や「新宿」の歌詞を聴いたとき、すみずみまでこれは「今」の言葉だと思った。私にとって、言葉は「今」をそのまままるごと飲み込んで生きているもので、私はだからこそ言葉を書くのが好きだったし、書くことを通じて「今」につながっていくような気がしていた。彼女の歌には「今」が根付いていて、だから、好きになるのは当たり前のことだった。彼女の話すことの、その向こう側には、私も知っている景色や、世界や、時代があった。でも、そこから芽生えたのは、共感とか、仲間意識だとか、そんな感覚とは違っていて、ただ、彼女はずっと歌い続けるだろうと、思ったし、私もまた言葉を書き続けるだろうと思った、それだけだった。自分が言葉を書く未来には、ずっと、歌い続ける大森さんがいる、そんな予感で心がいっぱいになっていた。

一人で何かを作るあいだ、私は自分が孤独なような錯覚をする。でも、私は決して孤独にはならないし、なれないし、孤独なんていう暗闇に甘えることはできないんだと思い知る。だって、大森さんがいる。心強くもあるし、恐ろしくもある。それが、私にとっては最良の幸せです。

――お互いの存在をどうやって知ったんですか？

大森 元彼の家に最果さんの本があって読んだんですよ。「お前これ絶対好きだから読め」ってすごい勢いでごり押しされて。疑いながら読んだらすごく読みやすくて。言葉のなかにひきこもってる人の本って読めないんですけど、そういう感じがまったくなくて。フットワーク軽いのがいいと思いましたね。

最果 わたしは、大森さんの「魔法が使えないなら」（インディーズ1stアルバム『魔法が使えないなら死にたい』収録）のPVを見て「これだ！」と思って、タワレコに買いに行きました。そのころあまり新しい音楽に触れてなかったんですけど、「あ、これはひさしぶりに買わなきゃ」と思って。アンテナ張っていろいろ音楽を聴いてたころの感覚を思い出すというか、若返れましたね。

――大森さんのどこが特別でしたか？

最果 歌詞がすごく好きです。めちゃめちゃ密度の高い言葉を投げつけられてる感じがして。音楽を聴くときは言葉に集中して聴くことが多いんですけど、ひさしぶりに言葉で殴られたと思って。で、それを聴いてるとこっちも殴り返したくなる。こういう音楽を待っていたという感じで、ものを作る前に聴いてテンション上げたりしてます。

大森 あ、そういうのはわたしもあります。最果さんの本を読むと、ちゃんとした歌詞を書かないとなって思うので。わたしはインディーズのころ、弾き語りのライブをたくさんやってたんですけど、弾き語りって音数が少なくて音楽的に刺激が少ない場合があるので、そのぶん言葉をかなり刺激的にしてたんですよ。でも、CDだったら音数を増やせるから、それがなくなってきて。ゆるめの言葉も入れるようになって、ジャブ的な歌詞が増えてきた。でも、最果さんの本を読んだらゆるい言葉ばっかりじゃダメだなって。

最果　最近、たしかにジャブが増えてる気がします。でも心地いいですよ。メリハリがついてるからなのか、油断させられたところにガツンとくるっていうか。

大森　最果さんの詩も緩急があって、リズムがいいですよね。

最果　即興で書いているところがあるので。

大森　速いですよね。

――大森さんもしゃべるのが速くてそのテンポで書いている感じはありますよね。

最果　あ、その感じはすごいします。ブログとか。

大森　ブログはいちばんひどい。歌詞は一応ちゃんと考えてるんだなって、ブログを読むとわかってもらえると思う(笑)。歌詞はけっこう冷静に書いてるかな。

最果　そう、わたしは大森さんの冷静なところが好きで。ちゃんと自分を客観視している人なんだなっていうのが、インタビューやブログを読んでいてもわかるんです。

才能がある作り手って、命を削ってやってるみたいなのが理想とされがちじゃないですか。わたしが一八で作品を作り始めたころも、周りは大人ばっかりで、若い子が人生に絶望して書いてるんだなって思われてた。でも、そんなの違うよと思っていて。

大森　そういう誤解はされますよね。

最果　そう。でも、そんなやつは野垂れ死ぬだけだって思うから。特に詩人って昔ながらのイメージなのか、人生捨ててるんだろうと思われることが多くて。でもわたしは全然違って、いろいろ冷静に考えながら長く続けていこうと思ってるから。

大森　わたしもですね。でも、才能ある人って意外とすぐやめちゃうじゃないですか。

最果　面白い女子に限ってすぐやめちゃいますよね。早い段階で作品が完結しちゃって、陽の目を見ずに終わってしまったり。

大森　女子の方が器用だからなんですよ。やめる人が悪いっちゃ悪いですけど、すぐできちゃうから満足してすぐやめちゃう。男の方が不器用でなかなかできないから、ずっとやるんですよね。

インターネットと言葉のリズム

――お二人は同世代ですよね。中学生ぐらいからネットとか携帯に接し始めた世代だと思うんですが、ネット以前と以降で言葉との接し方が違うのでは？

大森　中高生のころってもっと乱雑だったんですよ、ネットが。現実とネットの差異があまりなくて。

最果　変な大人がたくさんいたし。わたしはレンタル日記を借りて、そこに文章を書いてました。

大森　パソコンがあったんですね。

最果　中学の入学祝いに買ってもらって、そこからネットジャンキーです（笑）。

大森　携帯サイトで「魔法のｉらんど」っていうのがあって、少ないなかから色とかを組み合わせてオリジナリティを出すのが面白くて。地方のギャルが今日のコーディネートとか上げてるのが好きで、めちゃめちゃハマって。プロフィールに自撮りとかコーディネートとか連絡先も書いてあって。「前略プロフィール」のちょい前ですね。あと、10秒くらいの動画が好きなんですよ。10秒にまとめられてるエロ動画（笑）。縛られている状態になるまでに何があったんだろうっていうのを、そのデータからすべて受け取る（笑）。あと、歌詞も全部携帯に書いていて、それは今もそうですね。下書きにツイートのキャプチャーとかたくさん入ってる。

最果　わたしも女子高生が誰にも知られずにやってるブログが好きで。時々一話だけの小説が始まって、次の日にはなかったことになっていたり。「この人ほんとに女子高生か？」と思って。でも、だいたいそういうの一年くらいでなくなって。
大森 なくなりますよね？　止まるんですよ。
最果 でもこれはこれで残るんだと思うと、ネットありがたいって。
――最果さんも携帯で詩を書いたりします？
最果 ぼーっとしてるときに一行ぐらい浮かんだのを打つと、その間にリズムが生まれるので、その流れで一本作っちゃいますね。そういうときの言葉のノリってきれいなので。
大森 そうですよね。それが本来いちばんうまくいくパターンですよね。
最果 でも、それを待ち続けると締め切りに間に合わないから。
大森 そうなんですよ（笑）。
最果 それが来ないときはずーっと書き続けて降りてくるのを待つ。
大森 無理やりこねくり回してすごい労力かけて作ったから、自分的にはめちゃめちゃ思い入れがあるのに受け入れられない、みたいなことがよくあります。降りてこないとダメなんだなって。つんく♂さんの言う「ピコーン」だと思うんですけど。
最果 かける時間が短いほどウケがいい。
大森 そうなんですよ。時間かけたものが評判悪いと、あんなに苦労したのにって悔しい。

ファンが面白くてしょうがない

―― 最果さんは小説が二冊発売されたばかりですが（『星か獣になる季節』、『かわいいだけじゃない私たちの、かわいいだけの平凡。』、ともに二〇一五年）、ネット上での反応に敏感に反応してますよね。大森さんみたいにライブがないぶん、感想が目に入ってくると気になるんでしょうか？

最果 なりますね。Twitterで感想をサーチして、片っ端からリプを飛ばしてます。あと、TwitterやTumblrに詩を投稿するのにもハマってしまって。すぐ感想がわかるから、出して反応が良かったら「あ、これ本に載せよう！」とか。

大森 ああ、わたしも反応を見る用のライブやりますね。新曲をいっぱいやって、反応を言えっていうライブ（笑）。あと、誰もいいって言わなかった曲はもう二度とやらないことにしてるんですよ。

最果 そうなんですか？

大森 やらないんです。それでなくなった曲がいっぱいあって。「あの曲良かったのに最近やってくれないね？」とかファンに言われるんですけど、「だったらあのときいいって言ってくれよ！」って（笑）。

最果　遅いよって（笑）。わかります。結局、作りたてのときって自分では良さがわからないから。いいに違いないって思っちゃう。

大森　そう、全部いいと思っちゃうから。褒めて欲しいとかじゃなくて、いいって言われなかったら消しちゃうよっていう。

最果　でも、読者の反応って難しいですよね。わたしは、自分のことを嫌いな人を見ないことにできるからまだいいけど、全部に目を通していたらつらいかも。大森さんは自分の何十倍もそういう反応を浴びてると思うとすごいなって。

大森　でも、それ浴びられなくなったら意味ないですよ。

最果　やっぱ気になりますよね。わたしはエゴサーチしても、まだ話しかけられる数なんで、だったらリプライもできるかなって。握手会ほどの労力は使ってないですけど。

大森　わたし、Twitterで面白いファンのリスト作ってるんですよ。ライブに来る人の日常を完全に把握して、「今日はこの仕事があったから遅れたんだ」とか考えるのが楽しい。ファンとの関係は、そこまで対等がいいんですよね。どっちが偉いとかじゃなくて。どうしても、もの作る人って偉そうになるじゃないですか、ライブだとステージも高いし。それが嫌で。あと、ファンのツイートを歌詞に使うこともあって。ファンが「おれのツイート歌詞に使われてる！」って驚くことがあるんですよ。とにかくファンが面白くてしょうがないから、わたしは最近「ミラーになりたい」って言ってて。自分の内面とかはどうでもいいから、それよりも、ファンが見せてくれるものを鏡みたいに増幅して返したい。

最果　わたしは、自分は空っぽというか、言いたいことがないというところがあって。「透明なレンズを覗くみたいに詩を通じて自分の状況を見て欲しい」って思っているんです。だから、大森さんのその発言には共感します。歌詞に書かれていることがすべて大森さんのことだと思ってる人がいると、悔しいんです。違うよって。

――ミュージシャンも詩人も、人間性や人となりを含めて消費されるものですよね。最果さんは顔を出さないのはどういう意図で？

最果　本って読んだ人とわたしの間で関係性が完結するものじゃないですか。ライブとかないし。だから、そこでぼやーっとわたしの顔が浮かぶとジャマになるからと思って、顔出しはやめていたんです。でも逆に、大森さんはキャラクターを提示することを利用しているところがあって、ああ、わたしにはできないことしてるって。

大森　わたしも、できるなら顔出ししたくないくらいですよ。でも、可愛くなきゃ歌手になっちゃいけないとか思っていたから、ＣＤのジャケは本人の顔じゃないとっていうのがいまだにある。本当はとっとと他人のプロデュースやりたいんですけど、これは大森靖子しかできない、みたいなことがいっぱいあるじゃないですか。だからしょうがない。

文字が「声」になるとき

――今後の作品の方向性について思うところは?

大森 今年の一月くらいに一回悩んだんですよ。いい音楽ってなんなのかがわからなくなって。それをプロデュースやってくれてる直枝(政広)さんに愚痴ったら、「いけると思うときは売れるもの書かなきゃ。尖ってるものなんていつでも書けるんだから」って言われて。なるほどーと思って、それで楽になりました。

――最果さんは作詞の仕事をしたいって言ってましたね。

最果 ああ、書きたいです。アイドルとか、売れたいと思ってる人に書きたい。

大森 アイドルは売れたいの塊ですからね。

最果 作詞したら、わたしの作品がわたし以外の人のものになるじゃないですか。そこがいい。売れたいっていう人に売れるものを書くのが理想ですね。以前、松本隆さんとお話ししたんですけど、作ったものがアイドルのためになっていて、誰も不幸にならないのがいいなあって。やるんだったらみんな嬉しくならないと意味ないかなと思うから。

大森　松本隆さんもそうだと思うんですけど、つんく♂さんとか小室哲哉さんとか、音楽で世界が平和になるって本気で思ってそうなところがひしひしと伝わる。そこがすごいですね。

最果　大森さんがアイドルに曲を書くとき気をつけてることは？

大森　アイドルは、口癖とかいろんなエピソードもネットに上がってるし、ファンの人も教えてくれるから、作詞する上でのヒントがたくさんありますね。自分の曲を作るときもこのアイドルにあてて書くっていうのいっぱいありましたよ。「子供じゃないもん17」（メジャー1stアルバム『洗脳』収録）とかは、ゆっふぃー（寺嶋由芙）にあてて書きました。この子がこれ言ったらいいだろうなっていうセリフを。あと、わたしが書きたいアイドルは現場でちゃんと歌ってくれるアイドルなんですよ。口パクしないで。現場に行けばわかると思うんですけど、下手でも歌ってくれる方がぐっとくる。曲とその子が一個になってる瞬間が、すごい気持ちいいんですよね。それをなるべく長く続けてくれる人に歌って欲しい。じゃないと、曲がすぐ死んじゃうから。

最果　声になるってすごくいいですよね、自分の書いた言葉が。本を出してから、女子高生が詩を朗読したのを録音して上げてくれるんですよ。

大森 それすごくいいですね。エロい。

最果 Ustreamとかで、ほんとに普通の子が「今から読みます」って。聴いてる人が一〇人もいないような状態で、録音したものをニコ動に上げたりしてくれて。そういうのがすごい幸せで。その子なりの声になった瞬間に自分の作品じゃなくなって、羽ばたいていったみたいな。巣立って、やっと作品が大人になったみたいなのが嬉しかった。

大森 わかります。

最果 詩が声になるのは言葉が生きる感じがする。それも、みんな違う読み方をするのが面白いです。自分が思っていなかった意味がどんどん足されていくのがめちゃくちゃ面白くて。こんな違うんだって。わたしがあまり意味を込めないで書いてるからかもしれないけど。

大森 わたしも日によって歌詞の意味が変わるんですよ。自分で「あれ？　こんな歌詞だっけ？」と思ったり。アイドルだったら子どものときと大人のときでも意味が変わるし、面白いですよね。

―― 大森さんは以前ポエトリー・リーディングのイベントで最果さんの「小牛と朝を」を読んでいますね。

最果　すごく嬉しかったです。自分の詩、いろんな人に読んで欲しいですね。わたしが読むとそれがオフィシャルになっちゃうので、嫌なんですよ。この前も詩の解釈をラジオでしてくれって言われて、したんですけど、でもみんなこれが公式だと思うなよって言って。でもやっぱりTwitterを見ると、作者の言葉で聴くと公式に聴こえてしまうって言われてて、難しいなって。

大森　わたしも同じ歌歌っても違うこと考えてるから、大丈夫じゃないですかね。

――ミュージシャンは特にそうですけど、インタビューで言ってることが正解、みたいな風潮はあるんじゃないですか。

大森　インタビューはねえ……。わたしのことをこういうふうに見せたいんだろうなっていうインタビュアーの誘導に従って、ああ、はいそうですって言ったら、そういう見出しになって。アヴァンギャルドなことを言う女みたいになってたりして、まあいいかってOK出したら、それが誌面になってってていう。毎回それですよ。

最果　けっこう歯向かいます、わたし。

大森　疲れるんですよ、それ。

最果　だんだん体力なくなりますね。

大森　もういいやって。しかも面白くなってきちゃうんですよね、二次創作大好きなんで。ちょっとウケるって。

＊

――最果さん、今後目指すところは？

最果　わたしは以前、「Perfumeみたいになりたい」って言ったことがあるんです。Perfumeって演出の真鍋大度さん他スタッフも含めて、ポップなのに尖ったことをやっているじゃないですか。あれって、ただ尖ったことをやっていても受け入れられないけど、真ん中にPerfumeがいるから成り立っていると思うんですよ。自分も尖ったことをやりつつ、ポップでみんなにわかるものを作りたいですね。

初出：『クイック・ジャパン』（太田出版）119号、二〇一五年
インタビュー・テキスト：土佐有明
＊本書籍のために再構成

×二階堂ふみ

「わからない」を肯定する

二階堂ふみ（にかいどう・ふみ）

一九九四年、沖縄県生まれ。二〇〇九年『ガマの油』で映画デビュー。二〇一一年には『ヒミズ』でヴェネツィア国際映画祭マルチェロ・マストロヤンニ賞（最優秀新人俳優賞）を受賞した。主な映画出演作に『脳男』『地獄でなぜ悪い』『私の男』『味園ユニバース』『蜜のあわれ』『オオカミ少女と黒王子』『ふきげんな過去』『SCOOP!』『何者』など。映画公開待機作に『リバーズ・エッジ』（二〇一八年公開予定）、『いぬやしき』（二〇一八年公開予定）がある。

二階堂ふみさんと存在

映画やドラマの最後にスタッフロールを見ていて、「あ、あの子は二階堂さんだったのか」と気づくことが多くあった。映像作品で彼女をよく見ているはずなのに、私はあの人は二階堂さんだ、と意識することがほとんどなかった。演じている役だけが私のなかを通過していく。そして、それでも、見終わったそのとき、ただのキャラクターではなく、生きていた誰かの気配が瞳の奥に残っていた。

だから対談の際、目の前に彼女がいるのはとても不思議だった。まったく知らない人にも見えるし、よく知っている人にも見える。そして、二階堂ふみとして目の前にいる彼女は、自分自身を掘り下げ、強い意思を持ち、まっすぐそれを言葉にする人だった。それは、もちろん私にとって初めて見る姿だったし、演じてきた役とも合致するわけではなかったけれど、でも、不思議と、彼女がこれまで見せてきた演技と矛盾しない気がしていた。「他者」を演じるためには、まず「自分」というものに真摯でなければいけないのかもしれない。彼女と話すあいだ、ずっとそのことを考えていた。

―― 本日は最果さんの念願かなって、二階堂さんと対談の場をもうける運びとなりました。そもそも二階堂さんは「詩」にどのような印象をお持ちでしょうか？

二階堂 詩というのは、自分の感じ方次第で、0を10にすることも、100にすることも、あるいは、マイナスにすることだってできると感じています。数は多くないけど詩を読んできて、頭のなかの感覚的なところでしっくりこなくても、そことは別のものが動くこともあるのが詩なのかな、と思うようになりました。最果さんの詩を読んで、これは頭で考える前に体で感じる詩なのかな、って。

最果 ありがとうございます。詩はわからない方がいいと思っていて、「わからないけど好き」と言われるのがいちばん嬉しいんです。わたしには特に書きたいことはなくて、でも書いている、という状態なんです。詩からメッセージを受け取って欲しいわけではなく、「あっ、わたしが探していた言葉だ」と感覚的に捉えてもらうのが理想なんですよね。

―― 詩を、書き手の内面をさらけ出したもの、と捉えられたくないんですね。

最果 わたし自身、さらけ出すほどの憂鬱を感じたことがないので、自分の感情を書くという意味がわからないんですね。そもそも、人に伝えるほどの考えがないんです。

―― 最果さんが、詩のなかで「死」や「愛」のようなストレートな言葉をためらわずに使うのは、自分自身のことをどう捉えられたって構わない、という潔さがあるからなのでしょうか。

最果　ストレートな言葉を使わないと、多くの人に届けられないだろうと思っています。書くときだけに使う言葉って、その時点で読者との間に壁を作っているというか、ちょっとカッコつけてますよね。わたしはどう読まれたいか、ということにこだわりがなく、「読者が作品によって心を動かす」ということだけを目標にしているので、そうした壁のある言葉は避けて、なるべく話し言葉に近い言葉で書くようにしています。むしろ、日常のなかで使われすぎている言葉って、使われていくうちに本来の意味で使わなくなりますよね。例えば、多くの人がネットなどに「死にたい」って書きますが、その言葉はとても軽く使われています。「愛」だとか「死」だとか、チープになった言葉というのは、いろんな「言葉にできない感情」の受け皿になっていて、だからこそ実はいちばん自由なんじゃないかと思うんです。

二階堂　最果さんの詩のなかには、読み手それぞれの尺度で感じることのできる言葉があって、そこにしっくりきました。日頃、様々な媒体のインタビューを受けますが、わたしも「作品を通して何を伝えたいですか？」という質問がいちばん得意じゃないんです。見た人の感覚のまま、素直に受け取ってくださればいい。理解できないことが面白かったりもするので。

最果　わたしは、詩を書く最中にできるだけ何も考えずに書くようにしているんです。

なぜかというと、作為的になると、読む人も作為的に読んでしまうから。逆に言うと、夢中になって書くと、夢中になって読んでくれると信じているところがあります。わたし、二階堂さんが出ている映画を観ると、二階堂さんであることを忘れるんですよ。最後に「あっ、そういえば、二階堂さんだった」って気づくんです。演じているキャラクターに対する感情だけが残るから、二階堂さんに対して、好きとか嫌いとかじゃなくて、「いる」「残っている」という感じになるんです。

二階堂 とても嬉しいです。わたし、最近言葉が軽くなっているという実感が少しあるんです。マイナスな言葉を呼び寄せて、その人が悲しくなっているのを面白がる、みたいな現象がありますよね。例えば、何かに夢中になったり熱中している人を「寒い」と揶揄するような。その現象にとても違和感を覚えるし、それに対して、泣いたり怒ったり、感情を露わにすることすら許されない。意図してないところで自分の言葉が誰かを傷つけてしまう可能性を考えると、言葉を大事にしなければ、と思います。

―― 会話と違って、言葉を文章として発表すると、誰がどういったシチュエーションで受け取るかわからない以上、思いもよらぬ作用を生み出すことがありますね。

二階堂 でもだからこそ、書くって、すごい仕事ですよね。言葉って人間そのものだと思います。だって文明が文字として記録されているからこそ、過去があったり未来があったり今があったりするわけじゃないですか？　それを吐き出していくのって、すごく大変。

最果　わたしの詩は、自由に読まれるように書いているから、解釈が様々なんです。でも、それでいいんです。自分の詩を朗読してくれた女の子がその模様を動画でアップしてくれているんですが、間の取り方やイントネーションの違いで、異なる意味を持って伝わってくる。わたしはどちらかというと、言葉より声がその人の命そのものだと感じていて、声にすることで、言葉がその人のものになっていく、と思う。そして、思いもよらないところでその人にとって大事なものになったりする。だからわたしは、言葉の作用を怖いとは考えないんです。仕方ないって思う。傷つく可能性があるってことは、傷ついている人を救う可能性もあるってことだから。

二階堂　最果さんの詩は、とても前向きな詩なんですね。

最果　あるとき、「これからも生きていていいと思えるようになりました」と「死んでもいいんだと思えるようになりました」という感想が、同時期に届いたんです。あっ、言葉をコントロールできるなんて思ったら負けだな、と感じましたね。何を書いても傷つく可能性があるから、言葉は書いていいて面白い。前向きかどうかはわかりませんが、そういう開き直りがあるんです。

「わからない」ことを受け止める

——あらゆる言葉には跳躍力がある一方で、「この言葉で感動してくれ」とか、「怖い気分になってくれ」とか、人の感情を搾り取ってしまう機能も持っていますね。

二階堂 だからこそ言葉で、相手に手を差し伸べないようにしています。昨年の春に、自分が高校生のころから演じてみたかった室生犀星の小説『蜜のあわれ』の映画を撮影したんですが、石井岳龍監督と話したとき、監督は「僕たちの時代は、わからないことが面白かったんだ」と言っていた。見ている人が持っている枠のなかにはめ込もうとする限り、どんなに力を持ったプロフェッショナルが集っても面白くならないんです。想像すら超えたものができたときに、人は初めて「ヤバい」って思ってくれるから。

最果 想像の範囲内で生きていくのはつまらないですよね。みんな、本質的にはいろいろな感情を持っている。それなのに、相手にわかるように言葉で説明するときに、とにかく単純化してしまいがちです。その都度、自分の感情を削ぎ落として、よくある話として、ポンって出してしまう。わかる話ばかり受け取っていると、概念しか残らないんですよ。例えば「愛」って言葉を表面的に使い続けると、その「愛」が人それぞれ違うってことを忘れてしまう。自分の知っている概念を話すだけなら、いっそ話す意味なんてないじゃないですか。学生時代、そういう風潮をつまんないなあと思っていたとき、音楽に触れて、すべて開けた感じがした。「ヤバい、全然わかんない」という感覚がいちばん強いと知ることができたのは、幸せだったと思いますね。それでいうと、詩というのは、「わからない」ことが許されるジャンルなんです。だから何にでも馴染むし、どこにあってもおかしくない。

――そこにある理由が問われない、ということでしょうか。

最果　はい。例えば、道路に「死んで」と書いてあったらただ怖いだけですが、詩のなかに「死んで」とあったら怖いだけではない。詩というものは「わからない」ことを肯定的に受け止められる場所で、だからこそ、そこで使われる言葉すべてに揺らぎを与えると思っています。読み手によって解釈が変わることが前提としてあるので、言葉一つひとつが自由なんです。

日本語の「揺らぎ」

二階堂　言葉と芸術の問題って、とても密接しているのではないかと感じます。芸術から受け止めたことが自分の感情の一部になっている人って、言葉の選択肢が広くて、豊かな印象があるんですよね。わたしは日本語が大好きだから、古くからある日本語とか、ものすごく粋な言葉とかを大事にしたいという思いがそもそもあるんですけど。

――改めてそう感じるようになったきっかけがあったのですか？

二階堂　ここ最近、頻繁に通っているバーがあって、そこにいるのはほとんど外国人なんです。使われている言語は当然英語で、彼らは自分の意思を伝えるときに必ず「because」を使う。これってとても英語的な表現ですよね。何を表明するにも「なぜならば」と理由を述べる。でも、日本の古典表現を読むと、そういう言葉ってあまり使われていなくて、むしろ、心情や情景が多いですよね。最近、日本語が英語化してきているのかな、と感じていますが、どう思いますか？

最果　実はわたし、英語が嫌いなんです。余裕がない感じがするし、意見を伝えなければ話が進まないのが苦手で。例えば清少納言の『枕草子』にある「春はあけぼの」って、心情や情景を慎ましく表現しているように見えて、実はとっても強いですよね。冒頭から「春は明け方が良い」と言い切っているけど、強引に共感を求めているわけじゃなく、わたしはこうです、ってただ言う感じ。「どうですか？」って意見を求める気配もないから、「イエス」も「ノー」も答えられないですよね（笑）。一方で、SNSの「いいね！」などは「わかる」か「わからない」の二択を迫られる感じがするところが、英語化しているなと思います。学生のころ、いったい何をしゃべっているのかわからない友達がいて、なぜか仲が良かったんですけど、社会に出てそういう言葉を覚えるとすっかり変わっちゃう。それはそれで面白いんですが。

二階堂　わたしは英語をしゃべるようになってから言葉の可能性が広がりました。英語の良さはシンプルなところで、ときめいた瞬間にその良さを正確に伝えられる。でも、英語をしゃべれるからといって英語人になる必要はないですよね。以前、英文法を教えてもらった先生に、「英語をしゃべれるようになると、日本語も鋭くなって嫌われるわよ」と言われたんです。でもそれは、人それぞれだと思う。なぜならわたしの母国語は日本語で、日本人という概念を持っているから。慎ましさと大胆さの共存って、日本語だけでもできないし、英語だけでもできないから、両方使えたらいいのになって思いますね。

――英語の「わたし」は「I」しかないけれど、日本語では、「わたし」「私」「ワタシ」「ぼく」「僕」「ボク」など、選択肢がいくらでもありますね。そのことは、詩の可能性にも繋がりますか？

最果　漢字って、その形状の成り立ちからして「伝えるぞ」という強い意思を感じるじゃないですか。一方で、ひらがなって、文字自体に主張がなく、部品みたいな感じがする。「これって「あ」っぽくない？」という感覚だけで「あ」という文字の形ができていそうな。

二階堂　そうですね(笑)。すごく納得がいきます。「ふ」って、いかにも「ふ」って感じがする。

――ひらがなはそれぞれに質感がありますね。「ぬ」はやっぱり、こういう丸い感じだろ」みたいに、ワイワイガヤガヤ話し合って決めた感じすらします。

最果　たぶんわたし、英語の国に生まれていたら、詩は書いてなかったと思う。同じことを書くにしても、日本語だと簡単に揺らぐじゃないですか。その揺らぎが面白いんです。書く内容は自分の話ではないので、伝えたい欲求なんてないのですが、揺らぎながら曖昧に言葉を選んで肯定していく作業が面白いんです。

――揺らぎのなかで言葉を選び抜いたときに、例えば夜書いたとして、寝て起きた朝に、「ん？　なんかこれ違うな」って思うことはないんですか。

最果　昔は、一度決めた言葉が凝固して、変えたくても変えられなかったんですよ。まるで他人が作ったみたいに。でも今は、後々でピンとこないってこと自体があまりないんです。その瞬間瞬間に調整しているんだと思います。

二階堂　わたしも最近、原稿を書く仕事をしているんですけど、「これなら自分が言っても大丈夫かな」と思うことしか書かないんです。以前は言いたいことを言えば必ず伝わる、と思っていたときもありましたが、まったく伝わらず、誤解を解く作業が大変だったことも多くありましたから。

――書き連ねていると、どうしても自分の手癖が出てきますよね。それを発見してしまった場合、別の言葉や要素を発見しにいくものですか？

最果　いえ、手癖は手癖でいいのかな、と思っています。その手癖って、けっこうブレるものなんですよ。ある作品ではポジティブなのに、別の作品ではネガティブに影響したり。その場合は、違う言葉を探すのではなく、一回解体するようにしていますね。わたし、「やべぇ」と「うめぇ」しか言わない友達が好きだったんです。言葉のボキャブラリーは少ないのですが、とても表情が豊かな子で、そういう子になりたいとすら思った時期もあったくらい。わたし自身、誰よりも言葉を書くのが下手だから書いているという気持ちがあるし、下手だからこそ、詩のようなわからない状態で言葉が出てくるんだろうなって思う。でも例えば、太宰治作品のなかに、ほとんど推敲されていない作品があって、わたしはその手の作品が好きなんです。なぜなら、その人が絶対に説明できない文章が生まれるから。だからなんていうか、どんどん下手になればいいとすら思うんです。

美しさを惹き出す詩の言葉

――今回、最果さんが受賞された『現代詩花椿賞』、その創設に際しての、詩人・宗左近の言葉に「お化粧も詩である、ファッションも詩であるという立場に僕は立ちたいんです」があります。最果さんは、受賞の言葉のなかで「その人の内側に眠る美しさを浮かび上がらせていくような、そんなお化粧」「それはわたしが作りたかった詩の、あり方そのものだと思ったのです」と書かれていますね。

最果　先ほど、わからないものが面白いという話をしましたが、「美しい」ってその頂点ですよね。美しいものを見たときって、感情がすぐには出てこなくて、圧倒されるじゃないですか。圧倒されているけど、すべてを把握しようとはせずに受け入れているという状況を体現しているのが美しさです。役に立つとか展開が面白いといったことばかりが優先されると、この状況って最初に捨てられていく。「お化粧やファッションがなくても生きていける」って言われたらなんにも言えなくなっちゃうけど、「それを言うな！」みたいな感覚は強い。だから「お化粧も詩である」と初めて読んだときにはとにかく共感したんです。

二階堂　お化粧って、生きていく上での三大欲求には入っていないですよね。わたし、茨木のり子さんの詩「わたしが一番きれいだったとき」を読んではたと気づいたんです。例えば「わたしが一番きれいだったとき　わたしの頭はからっぽで　わたしの心はかたくなで　手足ばかりが栗色に光った」という箇所。わたしたち女性は三大欲求だけを与えられていればいい、というわけではないのかなと。この詩は戦争中のことを思い返して読まれた詩ですが、戦争は、人間の理にかなっていなかったわけですよね。そんなとき、自分は、いちばん先に排除されてしまう仕事についているな、という自覚があります。何かあったときに、真っ先に食べられなくなる仕事です。だからこそ、乏しくならないために作り続けなければいけない。

最果　お化粧って「化ける」って書くじゃないですか。雑誌などでも、コンプレックスを隠すため、と書かれますよね。でもこの間、資生堂の美容部員さんが、あなたはここを見せたほうがいい、って引き出すお化粧をしてくれたんです。隠すものではなく引き出す感覚。詩も同じなのかなと感じます。

「わからない」芸術作品を見て圧倒されながらも、それが不快ではなく心地良く感じるのは、作品から美しさが出ているだけじゃなくて、それを見ている自分からも美しさが出ているからなんです。

初出：「CINRA.NET」二〇一六年
インタビュー・テキスト：武田砂鉄／編集：野村由芽
協力：(株)資生堂 企業文化部

× 青柳いづみ

身体と文字のあわいで

青柳いづみ（あおやぎ・いづみ）

一九八六年生まれ。女優。二〇〇七年「マームとジプシー」設立に参加、二〇〇八年『三月の5日間』ザルツブルグ公演より「チェルフィッチュ」に参加。以降両劇団を平行し国内外で活動中。近年は飴屋法水（演出家）や金氏徹平（美術家）、青葉市子（音楽家）との共同作品の発表、今日マチ子（漫画家）との共作漫画エッセイ『いづみさん』の連載などもある。

青柳いづみさんと声

声とは命のことだ、と教えてくれたのが、青柳さんです。舞台の上にいる青柳さんは、その役の存在そのもので、そして、目の前で声が響いているというそのことが、私にその役が生きていることを知らしめていました。言葉を書いていながら、私は声のことを何一つ知らなかった、とそのときに思った。声が命であるなら、言葉は息を声へと変えていくものだろう。命の形や色を変えていくのが言葉ならば、そんなにも、幸せなことはない。

私にとって、詩は、読んでくれた人が、その人自身の言葉として、その人の瞳で、感覚で、受け止めたときに完成すると思っていた。けれど実際それはどういうことなのか、作者だからこそ私は想像するしかできなかった。受け止めたとき、詩はどんな感触がするのか、どんな色に見えるのか、わからなかった。

声が、命だと気づいたとき、私はそこにわずかな実感を手に入れた気がした。読むとき、人はその人の頭のなかで、言葉を読み上げている。声のなかに言葉を潜ませていくなら、その人の命のなかに言葉は、潜んでいくのかもしれない。そんな予感のなか、青柳さんと話をしました。

最果　青柳いづみさんを舞台で最初に拝見したのは、『cocoon』（原作：今日マチ子、作・演出：藤田貴大［マームとジプシー］）の再演（二〇一五年）のときでした。以前から、（当時）『ユリイカ』の編集長だった山本さんに「マームとジプシーは見た方がいい」って言われていて。そこで、主役の「サン」を演じていた青柳さんを見て、「ヤバい！」と思ったんです。そのときの自分のTwitterを見返してみたら、「命とは「声」のことかもしれない」と書いていました。そのときに、声って捏造ができなくて、でも、明らかに演じている役の声なんだ！って思ったんですよ。あの初音ミクだって、元は人の声で作っているわけですよね。

　そのころ、『死んでしまう系のぼくらに』をいろんな人が朗読してネットに上げてくれていて、読み方がみんな違うことがすごく面白いと思っていたんです。「この人は、ここに間を置くんだな」とか、声の響きだけじゃなくて、リズムや息遣いを含めて全部がその人なんだなって思っていたときだったので、「演じる」ってすごいことなんだ！って、青柳さんを見て改めて思いました。

青柳　ありがとうございます。そう言っていただけて光栄です。最果さんは、自分の言葉を声にすることはしないんですか？

最果　自分の言葉は、読んでいる人の好きなようにして欲しいなと思うんです。わたしが読むと、それが見本みたいになっちゃうじゃないですか。それはつまんないなあと思っていて。わたしは顔を出していないので、読者にはわたしのことを男性だと思っている方もいたりして、それはそのままにしておきたいなって思ったり。

青柳 突然ですけど、最果さんって生活力はありますか？

最果 生活力はあんまりないですね（笑）。掃除も苦手ですし。

青柳 日常生活は破綻してますか？　失礼な話なんですけど、最果さんの作品を読んでいて、そうなんじゃないかなとなんとなく感じたんです。実は、わたし自身がそうなんですけど（笑）。作品をつくってる最中に、他のことがなんにもできなくなってしまうタイプなんじゃないかと。

最果 そうですね。書き終わるまでは何もしないから。

青柳 食べることも？

最果 忘れますね。

青柳 忘れちゃいますよね。それで、今まで食べないで生きてこられたんですけど、最近は年齢的になのかどうなのかわからないけど、それでは生きていけなくなってきていて。

最果 「寝た方がいいっぽいな」ってなりますよね（笑）。

青柳 以前は、「寝たり食べたりしている場合じゃない！」って思ってたんですけど、一回喉を壊して全然声が出なくなっちゃった後は、そんなことしてる場合じゃないなと。そのときまでは自分のことをサイボーグだと思ってたんですね。

86年生まれの子どもたち

――お二人とも八六年生まれのインターネット世代ですよね。

青柳　インターネット世代なんて言われてしまうんですね。インターネットは存在してましたけど、わたしは全然使ってなかったですね。今もそうです。

最果　わたしはバリバリ使ってました。小学校五年生くらいのときにパソコンを買ってもらって、そのときはただ見ているだけだったんですけど、そのうちにいろいろと検索をするようになって。当時は、自分でホームページの場所をとって、そこにテキストを上げていくサイトが流行ってたんですけど、やっぱりそういうことをできる人ってほんの一握りで、もちろんわたしもそのころはまだ何もできなかったし、発信するのは選ばれし者だけだ、と思っていました。

青柳　そのころからインターネットの世界を知ったんですね。

最果　わたしはまだ子どもだったけれど、大人があまり子ども扱いをしてこないのが新鮮でした。そのころまでは、あまりチャレンジングな子どもじゃなかったんですけど、ネットをうろうろしていたらそのうち自分も何か書いて発信したいな、と思うようになって。それもきっと、子ども扱いされなかったからだと思います。

青柳　わたしは、インターネットについてはあんまり記憶がないですね。いろいろなこと全部なかったことにして、記憶から抹消してしまう。最近ようやく、ヤフーニュースの見方を知りました。「すごいな、ヤフーニュース！」って。

最果　それは逆にすごい（笑）。

――表現を言葉として生み出す最果さん、表現を身体として生み出す青柳さんですが、自己表現として自分が前に出ることは望んでいらっしゃらないように思えます。それは世代的な意識なのでしょうか。

最果　単純に、自分について話すことがないんです。聞いて欲しいとも思わない。悩んでもいないので、ネタがないんです。ずっと昔から、「なんでわたしはこんなに悩んでいないんだろう」「みんな苦しそうで楽しそうだな」って思っていました。青春だなあって。将来への不安とかもなかったから、正直、意味がわからなかった。

青柳　それはすごくわかります。わたしなんて、何かをちゃんと考えたことがない気がする。

最果　考えると眠くなっちゃいますよね（笑）。高校時代なんかは、悩んでる友人に憧れがあったんです。太宰治っぽい！　憂鬱がある！と思って、いいなあと。若者のセンチメンタルな心情に、美しさみたいなものを感じていました。やってみようと思っても、悩んでないからできないんです。だけど、書くぶんにはそれを演じられると思った。「そういう人のことを書く」ことができるから。そこへの〝萌え〟で書いてます。当事者じゃないから、よけいに「素敵！」って思っちゃう。そういう人たちのことを十代のときにずっと見ていたので、今でもそれが引き出しになってるところはありますね。

青柳　最果さんは「書く」ことが演技になっているんだ。本当にやっていることはじゃあ一緒だ。

――お二人は、冷静な子どもだったんですか？

最果　「冷めてるな」とは言われてましたね。興味がないってのだけが伝わってくるような。

青柳　わたしも、よくそういうふうには見られますね。自分も、自分のことを「モノ」みたいにしか思ってないというか。ただの物体なんです。

最果　へえ！

青柳　舞台上にいるときも、わたしは照明や音や小道具と一緒だと思ってますね。よく「役者を駒みたいに使うな」とか聞きますしそう思っている役者もいると思いますけど、わたし自身はただの駒です。

最果　そのあり方、羨ましいです。作家はどうしても読者から投影されてしまうので、読者に駒扱いされることがないんです。みんなの感情をピピッと受け取って反射してるだけの駒なのに、いつの間にか予想もしていない〝最果タヒ〟というキャラクター像ができてる。わたし自身は、別に傷つきやすくないんですけど。

——作品とご本人の性質は一緒にされちゃうことが多いですよね。

最果　投影されている像がバラバラなのに、そこにわたし本人が出てきちゃうと、作品自体が「こういう人なんだ」って思われちゃうんですよね。

青柳　本はモノとしても残りますからね。

最果　そうなんです。いっとき、感傷的になることを怖いな、って思っていた時期があるんです。受験生のころに、周りのみんなが「クリスマスなんか嫌い！」って言ってたんですよ。わたしたちは必死で勉強してるのに、浮かれちゃってなんなの？って。わたしは、「クリスマス、いいじゃん」ってまだなんとか思っていた。だけど実際、クリスマスの時期に一人でマスクしてキラキラした街を歩いてると、簡単に感傷的になれるんですよね。クリスマスのこと、嫌いになってしまいそうな自分に気づいて。わたし、小さなころからクリスマスが大好きだったんです、それなのにちょっとした孤独ですべてを台無しにしそうになって、怖くなった。そのとき、簡単に落ち込んだり、悲しいって思った一時の感情を引きずるのは、くだらないしやめようって思ったんです。感情だけが人間のすべてなわけがないし、わたしは悩まないで忘れる人間なんだから、その感情を今重要だとして扱う必要はないなって。

へそ曲がり談義

青柳　言葉を書き始めたのはいつくらいなんですか？

最果　言葉を書いていたのは昔からで、中学生くらいからブログを始めました。そのころのインターネットって、「面白い人が面白いことを書く」だけだったんです。だから最初は、「わたしなんかが書くことはないな」って思ってたんですけど、やるからには誰かに見てもらえないと意味がないから、見る価値があるものを書きたいと思い始めて。でもそうすると、中学のわたしに書けることなんて何一つないんですよね。学校のことも友達のことも、面白くないだろうなあ、と思って。それで消去法で、考えたことを速記みたいにそのまま書くことにしたんです。そうしたら、ブログを読んでくれている人が「あなたの文章は詩みたいですね」って言ってくれて。そのうちに詩として発表をするようになったんです。単なるブロガーだったから、こんなことになるなんて思ってなかった。

青柳さんは、いつごろから演技を始めたんですか？

青柳　小さいころから演劇部だったんですよ。保育園で最初にやった「エイ」の役が楽しかったみたいです。

――お二人とも、言葉で説明できない不思議な方ですよね（笑）。

青柳　常に考えていることが変わるからかな。

最果　わたしも一緒です。一定しない。

青柳　自分が言ったことでも、「誰？」って思うことが多々あります。

最果　わたしは、文体は似てるけど、これ誰が書いたんだろう？って思う詩があって、よく考えたら自分が昔書いた詩だったってことが何度かありますね。軸がない。思想がないというか、美学がない。

――それはずっと前からですか？

最果　そうですね。当時周りにいた女の子はみんな、根拠のない「これが正しい論」を持っていて、わたしはそれがすごく好きだったんですよ。全部無駄だし、なんの理屈も通ってないけど、「わたしはそれは嫌なの！」って言い切る強さというか。自分にはそうやって感情で押し切るようなところがないから、他人の「我《が》」が好きだったんですね。芸術作品って、本当はそういうのが形になったものじゃないですか。なんの意味もなくて情報価値もないけれど、その人がただ作りたかったというものがいちばんいいものだと思っていたので、「わたしにはそれがなくてヤバい」って思ってました。だから、友達みんなが文章を書けばいいのにって思ったりして。

青柳　書けないですよ（笑）。

最果　社会では絶対要をなさないその感情を残そうよ！と思って（笑）。

――お二人は、これはしないと決めていることはありますか？

最果　先に「これを書こう」って決めてから書く、みたいなことは絶対しないですね。書く前に具体的なイメージを作ることはしません。それだと言葉を自由に書いている気がしなくて。

青柳　わたしはどうだろう。例えば誰かが「わたしはドクロ柄《がら》と黒い服は絶対に着ない。ハッピーじゃないから」って言っていて、それこそ根拠のないこれが正しい論を聞いてしまうと、だったらわたしはその逆をいってやる！と思ってしまいますね。特に自分の意志ではないんですけど、へそ曲がりなんで、わたしは黒い服ばっかり着る。ドクロ柄は着ないけどね。

最果　（笑）　わたしもへそ曲がりなんで、言われたことはだいたい反転させます。負けず嫌いですね。周りにはずっと言われ続けてきたので、さすがにだんだん自覚してきました（笑）。他人から見れば、なんでそこで張り合うの？みたいなのはたくさんあると思います。

「媒介物」としての使命

——今後お二人は、どのような存在になっていきたいかという未来像はありますか？

最果　わたしは、レンズのような詩を作りたいと思っているんです。以前、資生堂さんのカウンターに行ったら、美容部員さんが「あなたのここがいいから、ここを目立たせましょう」ってお化粧をしてくれたんですよ。それまでは、お化粧ってコンプレックスを隠すためのものだと思っていたから、その言葉を聞いて、すごく意外でびっくりしたんです。わたし自身、隠したり、上から塗ったりする感じはすごく嫌だなと思っていたから、その言葉が後からしっくりきたんですね。ものを作るときも、読んでいる人の内側にあるものをポッと弾いて出してあげる、みたいなことがわたしにとっては理想です。だから、わたしの話はしたくもないし、する必要は今後もないなって思ってます。

青柳　そこは頑ななんですね（笑）。

最果　自分については、書くことがないんです。今日おにぎり食べたとか、そんな感じですよ（笑）。

青柳　日記になっちゃう。

――青柳さんはどうですか？

青柳　わたしの場合は、誰かの言葉を媒介してしか存在していないので、わたしが見せたい「わたし」というものはないです。ただ、すごく孤独な少女像を持たれることはよくありますね（笑）。どう思っていただいても大丈夫です。

最果　キャラクターの感情を理解して演じるときには、違和感はないんですか？

青柳　最近気づいたんですけど、わたし、負けず嫌いすぎて、ゲームが弱いんです。稽古をするときに、よくシアターゲームとか、人狼ゲームとかをやるんですけど、勝ちたい気持ちが強すぎて、嘘が単純すぎてすぐバレちゃうんですよ。だけど、みんなは勝つために〝演技〟をしているみたいなんですよね。そのためのゲームなんだっていうことを、この間初めて知りました。これが演技なんだったら、わたしは舞台上で「演じた」ことがないし、「演じること」がわかんなくなっちゃった、と思って。

最果　面白いですね！

青柳　舞台上では、嘘をついてるつもりも、正直なことを話しているつもりもない。ただ、この舞台上で起こっていることだけが本当のことだと思ってる。間に存在する媒介物みたいな認識です。

──透明なんですね。

最果 わたし、自分に神経が通ってる感じがあんまりないんです。

青柳 わたしも同じでしたよ。だけど、最果さんの身体のなかにも肉が詰まっていて、血が通ってるよ。

最果 そう。そうなんですけど、自分の身体が思った通りに動かないんです。すごく運動神経が悪くて。一切しゃべらなかった時期とかも長かったので、最近、わたしって何も使いこなせてないなって気づいて。自分の身体でさえも。

青柳 なんかいいな。未知な状態ってことですよね。

最果 身体の半分くらいしか精神がハマってないっていうか。身体がでかすぎて、動かせない感じ。

青柳 ぶかぶかの着ぐるみを着てるみたいな。

最果 ものを書いているときは指だけでOKなので、ずっと書いていると目と指と画面で世の中を媒介している感じがするんです。だけどそれが終わると、身体をいろいろなところにぶつけるし、自分がコントロールできなくてつらくなる。人間として未完成な感じがすごくするから、青柳さんのように「身体性」でやってる人ってすごいなあって思うんです。みんなちゃんと動いてて偉いなって。わたし、コンビニの店員さんに「ありがとう」って言いたいのに、喉が開く瞬間に息が漏れて「シャッ」って言っちゃったりして。

青柳 わたしも全然思うようにはまだ動かないです。わたしは一度身体が壊れるまで、「声」が「身体」の一部であるということがわかってなかった。演劇をやっているのに、「身体性」を信じていなかったんですね。今は自分の身体がコントロールできないって本当に怖いことだと思っています。

＊

最果 以前、インタビューで青柳さんが舞台を見に来た人に魔法をかけようとしてると言っていたのを読んだんですけど。

青柳 催眠術をかける気持ちでいるという。

最果 それ。わたしも、そういう気持ちで単語を置くときがあるなあ、と思って。なんでそれを書いたかという理由は特になくて、置いたら、これ効くかもという気がしたからで。

青柳 なんとなく、なんですよね。

最果 「何に効くの?」とか訊かれたら、「そこは知りません」って逃げちゃいそうですけど。

青柳　わかります。「でも、変わったでしょ?」みたいな。言葉ではうまく説明できないけれど、そういう魔法は存在していて、わたしはそれを信じています。それできっと世界は変われると思っているから、わたしは演劇をやっているし最果さんは詩を書いているんじゃないかな。

最果　詩を書くときは、たくさんいる人たちのなかに、ポンと刺せる穴を見つける感じなんです。わたしはそこに理由がない方が面白いなと思っていて。考えて作られたものは考えて読んでしまうから。まさに、魔法とか催眠術なんですよね。

初出:『GINZA』(マガジンハウス)二〇一六年一月号
インタビュー:小川知子
*本書籍のために再構成

×谷川俊太郎

詩になるとき、詩が広がるとき

谷川俊太郎（たにかわ・しゅんたろう）

一九三一年、東京都生まれ。詩人。一九五二年、第一詩集『二十億光年の孤独』を刊行。六二年「月火水木金土日のうた」で第四回日本レコード大賞作詞賞、七五年『マザー・グースのうた』で日本翻訳文化賞、八二年『日々の地図』で第三四回読売文学賞、九三年『世間知ラズ』で第一回萩原朔太郎賞、二〇一〇年『トロムソコラージュ』で第一回鮎川信夫賞など、受賞・著書多数。詩作のほか、絵本、エッセイ、翻訳、脚本、作詞など幅広く作品を発表。近年では、詩を釣るiPhoneアプリ「谷川」や、郵便で詩を送る「ポエメール」など、詩の可能性を広げる新たな試みにも挑戦している。

谷川俊太郎さんと永遠

最初からあったような気がする。それが、私にとっての谷川さんの言葉です。夕日を見ると、この世界の最初から、何度もなんども海には赤い太陽が沈んでいったのだろうと思う。緑がひしめく山を見ると、私が生まれる前、親が生まれる前、祖父が生まれる前、そこには同じ景色があったのだろうなと思う。同じように、谷川さんの詩は、世界が生まれる前、言葉が生まれる前から、そこにあったように思うのです。

谷川さんの詩がある世界で、私は今、詩を書いている。永遠のなかにいるようで、書くたび、自分がとても刹那に思えた。いや、刹那になれているならよかった。すでにある永遠に甘えた「刹那」は刹那ではない。自分自身を永遠だと信じて、すべてをその瞬間光らす覚悟がなければ刹那にもなれないはずだった。対談の日、私は緊張のあまり、すべてを心に焼き付けてしまった。のぼった階段のことも、あびた陽射しのことも今でも忘れることができていません。対談の最後、私は谷川さんに「自分のことを詩人だと思いますか」と聞きました。「そう思わなくてはいけない、と思っている」と谷川さんは答えていて、その言葉が今も、ずっと心のなかで響いています。

じゃあ両方やってみよう

最果　今日はよろしくお願いします。谷川さんにお会いしたいとずっと言ってきて、なのに今すごく緊張しています。

谷川　ぼくが三〇歳のときに八十いくつの誰かと話したら、めちゃ緊張したと思うね。ぼくが花椿賞をもらったときはまだ生まれてないんだよね。

最果　ちょうどお母さんのお腹にいました。

谷川　なんでそんな歳が離れている人と話したいの？

最果　初めて読んだ詩が谷川さんの詩だったんです。教科書に載っていました。歳を経るごとに好きな作品が違ってきて面白いし、いつでも好きになれる詩があるのって素敵です。谷川さんがいることが、どこか安心感に繋がっている。

谷川　ありがたいです。会いたい人は誰かほかにいたの？

最果　作詞家の松本隆さんだったんですが、この前お会いすることができました。

谷川　あなたはメディアに顔を出さないんだって？

最果　出さないです。着ぐるみだったらいいのですが（笑）。

谷川　ウェブでいろいろと面白いことをやってるじゃない。あれは全部自分で作ってるの？

最果　アイデアは自分で考えますが、難しいプログラミングは人に頼んでいます。谷川さんも紙媒体だけでなくいろんな試みをされていて、そういうのを見てきたので、ウェブとか紙とかの境界をほとんど気にせずにやってこれました。やりたいと思ったことは全部、やってみていいんだって思えます。

谷川　やっていいに決まってるじゃん。紙の上の詩だけだとつまんないし、なんかやんなきゃもたない。

最果　インターネットはもう当たり前の存在で、使わない方が変だとも思うんです。でも本や雑誌に載ったり、詩人だと詩集を出してデビューというのが今も一般的ですよね。

谷川　まだそうですね。ネットでデビューしても話題にならない。

最果　ネットはネットの外側に、なかなか広がらない感じがあります。でもネットでしかできないこともあって、それはそれで面白そうで。じゃあ両方やってみよう、と自然と思うことができました。

谷川　ぼくがやっていた「ポエメール」って知ってる？　郵便で詩が届くってやつなんだけど、ネット上でやりとりしたのもありましたね。詩を始めたころからそうだったけど、ぼくは詩がもっと広まればといろいろやってきたんです。紙の本が売れないしさ。でもどんなことやっても、どうにもならないって感じ(笑)。今は保守的にきれいな詩集を作るのがいちばんいいと思っているんだけどね。詩集ってオブジェクトとしてけっこう凝るじゃない。

最果 ものになるのは大事ですね。ネットだけでやっていると、その場で消費されてしまう。本は本棚に差してあるだけで意味があるなと思います。詩集を買うことが大切になっている人も多いと感じます。基本的にわたしはウェブで活動しているのですが、本を出すとウェブを見に来てくれる人も増えるんです。本屋さんにはネットにはない出会い方があって、本を出すのもいいなと思うようになりました。

谷川 自分が詩でデビューしたころとなんとなく較べちゃうけど、ぼくのときは雑誌と本しかなかったわけでしょう。現代詩が象牙の塔みたいなところへ行っちゃって、ふつうの人たちがあまり読んでくれないのは当時から不満だったけど、今だったらあなたと同じように展開できたなと思いますね。

最果 ネットがなかったら、わたしは今こうなっていなかったと思います。もともと日記代わりに書いていたブログを詩だと言われたのがきっかけだったので。

谷川 ネットに詩を出すと、どんな反応が返ってくるの?

最果 投稿サイトがあって、読んでいる人たちがいろいろと言い合う場所だったんです。昔はそこで書いていました。そこの人たちに『現代詩手帖』の投稿欄があるよと教えてもらって、試しに一回出してみて、紙メディアはそれが最初です。今はSNSで書いているので、わたしを知らない人の目に偶然触れて、詩だとすら思われずに読まれるってこともあります。

谷川　ぼくのデビューのころとのいちばんの違いは文体ですね。個性の違いはもちろんあるし、世間の文脈も違ってきているけど、あなたの場合はブログに近いような文体がわりと自然に出てきているでしょう。気分や使っている語彙はそんなに違わないけど、やっぱりきちんと詩でなきゃ、行間を生かさなきゃみたいなのが、ぼくはあるわけだよ。そこは違っていて面白かった。同人誌に入ろうとか思わなかったの?

最果　人付き合いが苦手なので、交流しようとは思わなくて。一時期はネットで知ったイラストレーターさんや物書きの人と冊子を作ってみたりはしましたが、切磋琢磨とかそういうのは結局よくわからなくて……。たぶん、一方的に読んでいる方が性に合うんだと思います。『現代詩手帖』に投稿するころ、現代詩ってどんなのだろうと、吉増剛造さんや伊藤比呂美さんとかの詩を読んでみて、それで詩がどういうものかよけいにわからなくなった。そのわからなさがすごくいい、面白いと思いました。今でもあのわからなさを大事にしたいと思っています。

本でいっぱいの部屋

最果　谷川さんは本を出される前、ノートに詩を書かれていたそうですが、誰かに読まれる前提で書いていましたか。

谷川　意識的にはなかったですね。でもぼくが詩を書くきっかけを作ってくれた高校の同級生がいて、彼と詩の交換みたいなことをしていました。あとは誰かに読ませたいとかはあまり思ってなくて、ぼくはそのころはなにせ経済的に自立することが大問題だったんですよ。書いたものがどうやったらお金になるんだろう、みたいなことばかり考えていたから。受験雑誌に投稿してお金もらえたりとか、そういうのがいちばん張り合いがあったのね。

最果　わたしはデビューしたてのころは、詩で生計を立てられたら最高だな、と思ってはいましたけど、でもそこに現実感はなかったです。『死んでしまう系のぼくらに』を出したときも、人に届いて欲しいと思って作ったのですが、本当に届くかなという不安の方が強かった。お金をもらうのもおこづかいぐらいの気持ちでいたんです。

谷川　ぼくは初めての原稿料で、レコードケースを買ったのをよく憶えています。当時ぼくはすごく音楽を聴きたかったから、ＳＰレコードを入れておく棚が欲しかった。

最果　初めての原稿料で買ったものはたしか洋服です。花椿賞をいただいたときは賞金で洗濯機を買いました（笑）。書き始めたころ、それがお金に結びつくとはまったく思っていなかったのですが、書いていたのがウェブ上だったため、最初から不特定多数の目に触れる可能性があって。誰かに見られるかもしれない、という前提で書いていたのが良かったのだと思います。友達に見せるとかは逆にできませんでした。

谷川　ぼくの最初の読者は母親でした。ぼくはひとりっ子で、母親っ子だったんです。母親には書いたものを見せていて、ぼくが大学にも行かないし、お前どうするんだと父親に言われたときに、母親経由でこんな詩を書いていたよって。

最果　お母さんはどういう反応されていましたか？

谷川　べたべたに息子を愛していたから、どんなものでも素晴らしいって感じ。父親は一応文芸評論なんかもしていたから、詩に○×とか付けてくれてね。反発も感じたけど、あとで見たらけっこう正確な評価でしたね（笑）。最初の詩集をまとめるときに、父親の評価を参考にしたのを憶えています。あなたは身内に文学好きがいるんですか？

最果　母が読書好きです。ふつうに家に詩集があったので、詩がマイナーなものだとは思っていなかったですね。母は立原道造が好きみたいでした。『現代詩手帖』も母が知っていて、あなた詩を書くなら『現代詩手帖』に投稿してみなさいよと（笑）。

遊びでネットに書いていると思われて、やるなら本気でやれという意味で言われたんです。小さいころ、母が毎日絵本の読み聞かせをしてくれていて、それが今のわたしを作っているのでは、と思うことも多くあります。

谷川 本棚に本がいっぱいあったの？

最果 なんだかわからない、カビの匂いのする本がいっぱいありました。わたしの部屋にまで侵食していて、子どもが読んでもわかるはずのない本ばかりで、そのせいで一度本が嫌いになったんです。本を読みなさいと親がすごく言うからそれもなんだかいやで……。

谷川 うちはそれはなかったな。子どもは本なんか読まないで外で遊びなさい、と言われた時代でしたからね。ただ、うちも父親が哲学者だから壁一面が本だったんですよ。それがトラウマだったね。読むとたしかに面白いものがあるから本は絶対必要だけど、本があるのは今でもすごく苦痛なの。捨てるのが大変じゃないですか。

最果 わたしのころはゲーム機とかマンガがいっぱいあったので、そんなもので遊ぶぐらいなら本を読め、ってよく言われました。わたしの場合、書くことが好きだったから、語彙力を増やすためによけいに読みなさいと言われたんです。でもそんな勉強みたいな気持ちで読むのはいやで。その反発からか、中学に入ったら音楽ばかり聴くようになりました。今は本がいっぱい並んでいると、逆に懐かしい気持ちになるんです。本屋さんに行くと嬉しくなる。

谷川　ぼくはこのごろ本屋に全然行かなくなっちゃったよ。欲しい本は全部アマゾンで買っちゃう（笑）。図書館は行っても平気なんだけど、本屋はなんだかプレッシャーを感じるんです。これだけの本を読まなきゃ人間として生きていけないのかと、なんか胸苦しくてさ。知らないことがあまりに多すぎるからね。もう知識は増やしたくない感じだね。知恵はいいけど知識はいいや、みたいな。

最果　わたしは読んでいないものがこんなにあることに満足して、それでほとんど何も買わずに帰る（笑）。すごいで始まってすごいで終わるんです。そこから一冊を選べない。

谷川　この間、物理学者と対談して、その人はひも理論の専門家だったの。ひも理論を優しく語る本を送ってくれて、自分の娘のために書いたらしいけど、こっちは三ページでダウンしたね。高校生の若い人向けに書いてあっても全然ついていけなかった（笑）。微分積分とか解ける？　ぼくは二次方程式でダメだったからさ。それから先に行けないんですよ。

最果　科学や数学はけっこう好きです。そういう本の方が逆に安心して読めるというか、ルールがあって面白いと思うんです。単純なものですべての説明がつくのは好きですね。

谷川 あなたの詩にも、一種の詩のロジックみたいなものが出ていますよね。

最果 あっそうですか。自覚がなかったです。

書くのが好きになってきた

最果 中学や高校のときに友達がすごく悩んだり、憂鬱な気持ちを抱えているのを見ていたんです。自分は能天気な方だったんですが、そういうのを見ていてかわいくてきれいだなと思っていました。自分をコントロールできなくなる感じ、制御しきれない感じって、やっぱりその人のいちばんその人らしい部分だと思うんです。人の気持ちでいちばん隠されているけど隠しきれないもの。そういうのが魅力的でいいなと思っていて、嫉妬したり怒ったりすることはたしかに人に迷惑をかけるかもしれないけど、そこにあるきれいさみたいなものが書けたらといつも思っています。

谷川 人間世界にあるものをわりと手放してきれい、かわいいと思えるんですね。

最果 自然はそのままを見ている気がしないんです。自分の感情が反映しているというか、例えば海をきれいだと思ったときに自分の心理状況がすごく混ざっている気がして……。どちらかというと、人間の心理の方が理解できるというか。

谷川　それならたぶん小説が書けるよね。ぼくは書けないいんですよ。だって人間に興味がないんだもん（笑）。だいぶ前だけど大岡信がぼくのことを書いた文章のなかに、谷川はすべてに無関心であると書いてあったのね。いくらなんでもと思ったんだけど、今では彼の言った意味がよくわかるんです。キーツの言葉でもあるけど、デタッチメントというのがぼくのキーワードで、つまりアタッチメントの逆だね。なんでも距離をおくんです。どうも最初からその傾向があって、だから小説を絶対に書けない。人間心理のごちゃごちゃしたのが面倒くさくて、そんなの言葉で書けるのかって感じなんですよ。ぼくが詩を書き始めたころいちばん美しいと思ったのは、まずは雲だったね。自然が絶対的にきれいだと思っていましたし、今でもそれは変わりがなくて、人間のつくるものに美しいものはもちろんあるけど、どんなに美しい絵や芸術作品でも、自然にはかなわないと思っているのね。

最果　自然にはかなわない感じはあります。ずっと前からあってこれからも続いていくもの。圧倒的な気がします。わたしは神戸で生まれたんですが、神戸は北側の山と南側の海に挟まれているんです。後ろを向いたら山が新緑や紅葉で染まっていて、前を向いたら海がキラキラしている。拓けていながら自然がけっこうそばにある街で、どんなに開発されても結局自然のなかに住まわせてもらっているんだな、という感じがありました。

谷川　うちの母親が京都で生まれ育ったので、京都は十代のころにわりと行きましたけど、神戸は詩を書き始めてからでしたね。なんてかっこいい街だろうと思いました。すごくモダンなのね。ぼくは若いころ、詩を書くよりもプロダクトデザインに憧れていました。車やラジオのパッケージみたいな、人間がつくったプロダクトデザインに美しさを感じていたんです。あとその流れで民藝品がすごく好きですね。父親が柳宗悦とかと知り合いで、民藝館には子どものころからよく連れて行かれてたから、自然か民藝品みたいな感じでした。あとはもちろん音楽ね。人工のもののなかでは音楽が飛び抜けて美しいと思います。音楽はどんなものを聴いているの？

最果　高校生のころはロックミュージックがすごく好きで、おこづかいはだいたいTSUTAYAで使っていました。昔の名盤をAからZまで順番に借りて聴いていく感じです。今はテクノやラップも聴きますが、とにかく十代のころは音楽とお菓子と服にしかお金を使っていない……。

谷川　お菓子ってどんな？

最果　お店で食べるパフェとかアイスクリームとか（笑）。純喫茶でパフェなんかを食べるのがわたしの中高時代の背伸びでした。松本隆さんを知ったのもそのころで、音楽を聴くよりも歌詞が気になったんです。日本語っていいなと思いました。歌詞の言葉は学校で習う言葉とは違ってクールで、そういうのを突きつめたらカッコよくなると知って、書く仕事って面白いなとそのあたりで思ったんです。

谷川　ほんとに書くのが好きなんですね。ぼくは嫌いなんですよ（笑）。楽しさよりも、何かで食わなきゃいけないってのが全然先。でも最近は少し好きになってきてさ、この十数年ぐらいは詩を書くのが楽しいから、つまりちょっとずつあなたに近づいているんですよ（笑）。今でも長いものは全然ダメなのよ。小説なんかは当然ダメですけどね。

最果　書いて発表すると、読んでくれる人の反応が人によって違っていて、それが面白くて楽しい。わたしが思ってもみなかった意味合いでとってくれる人もいますし、だから自分が何を書いているかは実はよくわからない。そのわからなさが楽しくて、これを読んでどう思ってくれるのだろう、と。詩が伝わるという感覚ではなくて、届いている感じでしょうか。ずっと遠くのわたしの知らないところで、何かが起こっている。最近は伝わりやすさ、わかりやすさが重視されて、曖昧な部分、言葉にできない部分が無視されつつあると思うんです。でもそこがその人のいちばんその人らしい部分で、そういう部分を呼吸させてあげるのが詩を読む行為にあるのかなと。詩はマイナーだと言われたりしますが、思った以上にみんな抵抗なく読んでくれますし、やはり必要なものなのかなと思ったりもします。

谷川　ぼくも似たような感覚だけど、ぼくの方がたぶんラディカルだね。詩は伝えることはないと思うんですよ。届けることもないと思っていて、基本的に詩がそこにあるというふうに持っていきたいのね。存在させるというかな。解釈とかも全然役立たなくて、ただ人がその言葉の連なりを読んで何かを感じてくれたらいい、そのへんの雑草みたいに確固としたものであればいちばんいいという感じだね。教育の現場なんかで、この詩人はこの詩で何を言いたいのでしょう、とかよくあるじゃない。何も言いたくないから詩を書いているんだよ、とどうしても思ってしまうんだよね(笑)。

感情ごと言葉を借りてくる

最果　谷川さんの本や詩を読むと、景色を見ている感覚にすごく近い。人間が生まれるずっと前からあったような、そこに自分を委ねるしかない感じ。それがすごくいいなとずっと感じてきましたが、やっぱりそうなんだなと思います。

谷川　それは褒め言葉ですよね。褒められるのは嬉しいのだけど、この歳になるとみんな悪口を言ってくれなくなるんですよ。悪口というか批評ですけどね。

最果　わたしは自分が褒められたこともけなされたことも、書く上ではあまり参考にはしないです。あ、いろんな人がいるんだなと安心して終わるという。

谷川　ぼくも若いころから基本的にそうですよ。悪口を言われて腹が立つことは全然なくって。でも最近はぼくが詩を書いても触らないでおこうという感じで、誰もちゃんと言ってくれない印象がある。だから不安になってくるのね。やっぱり自分ではよくわからないからさ。今ぼくは第一稿をわりと早く書いて、それから綿々と推敲していくタイプなんです。ただ、推敲していると正しい推敲かどうかわからなくなって、そういうときに人の批評が役に立つはずなんだけど。谷内修三さんは珍しい例外で、一行一行にけっこういろいろ言ってくれるんですけどね。

最果　『現代詩手帖』に投稿していた間、選評をうまく理解できている自信がありませんでした。自分がいちばん、自分の作品のことをわかっていない気がして、ちゃんと消化できなかった。とにかくこのまま行けばいいっぽいぞ、と再確認するぐらいしかできませんでした。

谷川　でもそのあと詩集が売れたっていうのは、手ごたえでしょう。

最果　そうですね。詩ってみんな読んでくれるはずだと思っているけど、本当はどうかなと不安がありました。そこを大丈夫だよと言ってもらえた気がして。でもその実感は自分ひとりでは判断しきれないところもあります。谷川さんが不安になると言われて、谷川さんでも不安になるのか、と思いました。

谷川　おれも歳とってきてるからさ。もしかしたらボケてきているんじゃないかと思うじゃない。まあ書く意識としては、詩によっても違いますけど、基本的に人を喜ばせたいというのが、いちばん大きな動機ではありますね。そのために自分が書くものに満足したいという思いはあります。

最果 喜ばせたいというのは、単純にハッピーというわけではないですよね。

谷川 読む人の気持ちが動いてくれればいいと思うんです。激怒してもいいわけね。

最果 よくわかります。わたしも読んだ人が何かを思ってくれたらオッケーで、書き終わった時点では全然満足していない。というか発表して誰かが読んでくれて、それでやっと完成した感覚になれます。昔から言葉を自分のものだと思えなくて、人さまから借りてきて書く感じがするんです。例えば好きとか嫌いとかいう言葉も、読んでいる人が今までその言葉に触れてきたときの感情すべてが詰めこまれてそこに見えている。こちらはその感情ごと言葉を借りてきて、それで文章を書いている。だから書き終わったらまたその人たちに言葉を返さないといけない感じがあって、自分のことを書くというのがあまり視野にないんです。貸してくれた人たちが読んだらどう思うのか、というのがすごく大きい。

谷川 武満徹が音の川ということを言ってて、彼は自分が音楽を生んでいるわけじゃなくて、宇宙には音の川というのが初めからあって、自分はそこから音を拾ってきてるだけなんだという発想があるんだね。ぼくも言葉に関してはそういうところがありますね。言葉が無限にいっぱいあって、自分の意識下には言葉にならない、言葉の胎児みたいなものがいっぱいあるわけですよ。結果的には自分が生んでるんだけど、そこから言葉をもらって組み合わせている意識が強い。その組み合わせ方がうまくいけばいいという感じがあります。ただ、昔からそういう傾向があったけど、最近は作品よりも作者に興味をもつというのかな。詩集でも、作者がメディアに出て行かないと売れないという傾向があるじゃないですか。ぼくもサイン会やれとか、対談に出ろとか、取材を受けろとかいっぱいあるわけですよ。あなたも同じだろうけど、そのあなたができるだけ自分を出さないようにうまく逃げているのは知恵だと思う。ぼくも若いころからそれをやっていればよかったと思うけど、でもぼくの時代はそれだとやっぱり売れなかったかもしれませんね。サリンジャーとか作者が出てこないけど、本当はあれがいちばんいいと思うんです。

最果　わたしの場合、周りの方が逃げるのを許してくださっているので……そのおかげですね。谷川さんもそうですが、教科書の詩とかの末尾に、作者のプロフィールと写真がよく載っていますけど、意味がないとすごく思っていて……。

谷川　あれ、詐欺してる気がするのよ（笑）。ぼくが二〇代のころの写真が載っててさ、でももう八〇代じゃない。違う人じゃないかって子どもが呆然とするわけですよ。

最果　作品の世界が歪められる気がして、なんの意味があるんだろうとどうしても思ってしまう。読むことを通じて作者を知ることが目的になっている人もいて、そういう読み方もあるだろうけど、そうなると作品のイメージがその人に関係ないところで凝り固まってしまうし、もったいないなと。だから自分を出さないでいられたら……。でも、そんなことでは売れないんじゃないかという不安はずっとありました。

谷川 もう大丈夫なんじゃない。これからは自分を隠すことがちゃんとセールスポイントになるから、変に出さない方がいいよ。出すときは高額の使用料をとるとかさ（笑）。

最果 わかりました、出しません（笑）。

谷川 読者の気持ちとしては、これ書いた人はどんな人だろうって思うんだね。結婚しているのかしら恋愛しているのかしら、みたいな。おれ、この歳になった今でも、取材の人が「今恋人はいるんですか」とか訊くんだよ（笑）。なんでそんなことより作品に関心もってくれないんだよって。やっぱり人間はみんな週刊誌的な側面がどこかあるんだね。

ほかからの刺激をもらって

最果　わたしは音楽から日本語に興味をもち始めて、それまで読んでいたものも谷川さんの詩ぐらいでした。現代詩をすごく好きで書いてみたというパターンじゃなかったので、どう読者になればいいか、どう遡ればいいか、よくわからなかったんです。書き手になったあと読者になるのもすごく難しくて、こういう行間はいいなと思ったときも、たぶん書き手として思っている。詩を書かない人の読み方ができなくて、それでしばらくパニックでした。詩を知ろうとしてわからなくて、でもそれを自分が作っているのはどういうことかと、けっこう混乱した状態だったんです。だから第一詩集『グッドモーニング』（二〇〇七年）は、パニックがそのまま出ていて混沌としている。精一杯な感じが出ていると思います。

谷川　詩というものの概念みたいなものはすでにあったんですか？　詩ってこういうものなのだという。

最果　書いていて急に、これは詩になったなと思う感覚が最初からあったんです。だから完成させるのは苦痛じゃなかったのですが、でも推敲がすごく苦手で、書いたあと手を入れるのが怖かった。だからこれは詩になったなと思ったら、そのまま完成ということにしていました。粘土をバーンと投げていい形になったので納品します、みたいな感じで……。それがなんなのか説明できないし、修正もできない。そういう状況にいると、ほかの人の詩を読んでも吸収できないんです。今は自分が何をやっているか少しわかってきて、推敲も仕事としてできるようになり、落ちついて読めるようにもなってきました。読んでくれる人の感想が見えてきて、その人のものになるのを見届けられるようになったからだと思います。わたしは谷川さんが子ども目線で書かれている詩、詩集『はだか』（一九八八年）とかがすごく好きなんです。子どもの目線で書くぞと決めたら、ずっとそれで書くのですか。

谷川　子ども目線というか、自分のなかの子どもが出てくるだけなんですよ。友人の批評家が、谷川さんは三歳の子どもになれるからねと言っていて、本当かどうかよくわからないのだけど、自分のなかではわりと平気で子ども言葉が使えるというか、子ども言葉で書く方が大人言葉で書くよりも深いところに行けるかもしれない、みたいな意識もあるのね。だから時々別に注文されていないのに、子ども言葉で書いちゃうことがあって、それがよかったりもします。詩の場合、子どもだけじゃなくて、いろんな人になれるのがいいんですよ。女になったり年寄りになったり。詩は「わたし」と書けば全部詩人自身だというとらえ方をされるじゃない。それがいやだから、架空の人物に託して自分の考えていることを書いてみたりする。ある時期からですけどね。小説の影響かもしれないけど。

最果　それは意図的に変えたんですか。

谷川　ある程度やっているうちに必然的にそうなって、あとで考えて意識するようになった。すると詩がちょっと小説とか演劇とか映画とかに近づくんですよね。そういう書き方のバラエティがあるから、単純に「わたし」という主人公だけではない詩が書けるようになったんだね。

最果　そのバラエティに富む感じが、いつもすごいなと思っていて、わたし自身は目の高さがあんまり変わらない……。

谷川　まだいいんじゃないの（笑）。それでたくさん書いていると、だんだん飽きてくるからさ。自然に人のことを書きたくなってきたりするんですよ。

最果　書く世界というか、視野の横幅はだんだん広がってきた気もするので、次は高さだなと思うんです。谷川さんは最初からそうされていたのかなと思って。

谷川　最初からではないですね。でも歴史はすごく苦手で、時間軸はどうもダメなんですよ。自分の書いたものもすぐに忘れてしまうしね。詩の書き方にしてもとっちらかっていて、いろいろな仕方で書いてしまうでしょう。関心が過去とか未来とかではなくて、世界の広がり方みたいなものにあって、それはもう生まれつきだからさ。本を読まなくてなかなか歴史の方に行けないから、そこは諦めています。

最果　一五歳とかの子が感想をくれることがあって、でもなぜその子がいいと思っているのか、まだわからないんです。そんな若い人が読んでくれるとは思ってなかったし、でも読んでくれている事実はあってどうしてなのかと。単にわたしが一五歳だったときがあるから、と考えたりもしますが。やっぱり、自分の作品のことはちゃんと把握できていないように思います。谷川さんは、自分の作品がなぜ読まれるのかわかりますか。

谷川 漠然とわかりますね。ひとつはさっきも言ったように、自分のなかに幼児の部分が残っていて、それを出すことができるのと、もうひとつはどうやって生活するかが大事で、ぼくは終始一貫それで来ているんですよ。詩を読んでいても、どういう現実生活からこの詩が出てきているかに興味が動いてしまう。そのときに、生活を探るというのはそれこそ週刊誌的だけど、そうじゃなくてこの人が現実とどういう接点で詩を書いているかに興味があるんですよ。だからぼくがどんなに抽象的な詩を書いたとしても、やっぱり毎日の暮らしのどこかに根を下ろしているんじゃないかと思う。そのあたりが読まれている理由のひとつだと思うんですけどね。

最果 最近テーマをもらって詩を書くことが増えてきて、この前は赤塚不二夫さんの作品について詩を書いてくださいと頼まれました。今まではテーマをもらっても、テーマ自体がロマンチックで、詩になりそうなものが多かった。だからその依頼をもらって最初は動揺したのですが、でも書いたらすっごく楽しかったんです。

谷川 この前、水木しげるについて詩を書いたんだよ（笑）。書いててすごく楽しかった。ほかからの刺激で書くことを、現代詩の人たちはあまりしてこなかったよね。そういうのどんどんやった方がいいと思うな。

最果　役得だなとすごく思いました。詩ってやっぱり自分の世界だけで作るものじゃない、きっかけをもらった方が書けるんだと、そう実感できて嬉しかったです。

谷川　それを書けるのは才能だと思いますよ。直販の絵本のテキストを書く仕事なんかを詩人に回したことがあるけど、現代詩の世界でそれにうまく応えられる人はとても少なかった。現代詩でないメディアにも広げなきゃという意識のある人が少なかったのと、それからやっぱり虚栄心があるのかな。大人はなかなか子どものレベルに降りられないんですよ。ぼくはほとんど注文生産で書いてきたからさ。春になれば、桜の詩をお願いします、みたいな。やっとそれがなくなってきて、今は自分で書き始めている。けっこう書きためているから、在庫が増えちゃって困ってるの（笑）。

最果　遠慮されているのかな、と思うことはけっこうあります。詩人先生はどうぞこちらへ、みたいな（笑）。いやもっと何か言ってくださいっていつも思います。

谷川　ぼくはよく連詩をやりましたけど、あなたもたぶん連詩に向いてると思うな。昔はよくファックスでやりとりしましたよ。手紙とかメールでもできますしね。

最果　それならぜひ、谷川さんとやってみたいです。

初出：『現代詩手帖』（思潮社）二〇一六年八月号
インタビュー・テキスト：編集部

× 穂村弘

ささやかな人生と不自由なことば…………

穂村 弘（ほむら・ひろし）

一九六二年、北海道生まれ。歌人。一九八一年北海道大学文Ⅰ系に入学、在学中に塚本邦雄の作品に出会い短歌に興味を持つ。八二年北大を退学、翌年上智大学文学部に入学、八五年に短歌の創作を始める。歌集に『シンジケート』『ドライドライアイス』『手紙魔まみ、夏の引越し（ウサギ連れ）』など、エッセイ集に『世界音痴』『本当はちがうんだ日記』『絶叫委員会』『にょっ記』『野良猫を尊敬した日』など。他に評論、詩、対談、絵本、翻訳など著書多数。『短歌の友人』で伊藤整文学賞、「楽しい一日」で短歌研究賞、『鳥肌が』で講談社エッセイ賞を受賞。

穂村弘さんと感性

　短歌について穂村さんと話してみませんか、とユリイカさんに言われたとき、ものすごくうれしいけど、嫌だな、と思いました。穂村さんは見抜く人だ、と思っていたからです。別に何か穂村さんに対してうしろめたいことがあるわけではないけれど、でも、穂村さんに何かを言い当てられるというのは、とても正しい人や、とても繊細な人に、何かを指摘されることよりずーっと突き刺さる気がして、怖いなと思ったのです。

　他人の感性を信じるというのは難しい。その人がいいと言ったものを、そのまま信じることができず、どうしても自分の感性を通したくなる。けれどもちろん、自分の感性を作ったのは自分だけではなく、見てきた自然や話した人々、見た映画、読んだ本、そうしたものが深く関わっているはずで、私にとって穂村さんのまなざしはそうしたものの一部だった。だからこそ、盲信したくもないと思うのですが（反抗期みたいなものです）、指摘されたことはきっと真正面から受け止めざるをえないだろうとわかっていました。しかもコンプレックスとなっている短歌がテーマだというのがよけいに私を追い詰めて、昔書いた短歌を握り締め対談の場所に向かうあいだ、「私は何をしているのだろう」と遠い目をしていました。それでも逃げるとかいう発想にならなかったのは、その恐れの先にあるのが憧れだとわかっていたからかもしれません。

　実際お会いした穂村さんはとても優しい方でした。でも、私が短歌のリズムが苦手と言ったとき、「そんなに自分のリズムを信じてるの？」と冗談っぽく聞かれて、それにはひそかに「きた！」と思いました。でも、ほんと、私は自分を信じているんですよね……その通り過ぎたので、むしろ嬉しくもなりました。

――穂村さんや加藤治郎さん、荻原裕幸さんが中心となったいわゆるニューウェーブ以降、現在も、東直子さんや加藤治郎さんが監修をなさっている書肆侃侃房の「新鋭短歌シリーズ」などから、新しい歌人が次々に登場してきています。最近では、最果さんの近作（『死んでしまう系のぼくらに』、『夜空はいつでも最高密度の青色だ』）と同様に佐々木俊さんが装幀を手がけた木下龍也さんの歌集『きみを嫌いな奴はクズだよ』（二〇一六年）も話題になっています。インターネットなどを舞台に発表される方も増えていて、そのようにして今、短歌という独自の広がりが具体的に見えてきているように思います。

そうした現在の短歌における大きな影響源のひとつとなっている穂村さんと、Twitterなどにも精力的に詩を発表されて、今現代詩を飛び越えて若い読者を得ている最果さんに、「短歌 vs 現代詩」というわけではないですが（笑）、お話をうかがえればと思います。

まずは、最果さんは若いころに短歌を作っていらしたそうですが、そのころの作品を拝見しながらお話を始めさせてください。

十代のころの六首（最果タヒ）

花を生む少女を部屋にとじこめて忘れられない棺桶作る

ゆうやけに染まる河川を飲み干してあなたを祝う薔薇になりたい
ブランコであびた花びら梅雨にとけ黒の喪服を浄化させゆく
花びらの静脈たどり熟睡のきみへとぼくは辿り着いたの
満月の夜に漂着した花は大輪だった透明だった
真夜中の車道で眠る君がなるのは花か月夜かアスファルト

最果　当時、詩を投稿して投票し合うという現代詩のSNSみたいなところがあって、そのなかに短歌を書いて見せ合う場があったんです。周りがみんな書いていたのもあって、なんとなく流れでわたしも書くようになりました。でも、なかなかどうしたらいいのかわからなくて。そのときに、短歌に対する苦手意識を刷り込まれたというか……。定型に振り回されている、定型に収まって満足する感じが、自分のなかでよくないなと思って、離れたんです。

穂村　それは何歳くらいのころ?

最果　十代です、一八歳とか。

穂村　拝見したけれど、素晴らしい作品ですね。そのまま短歌の世界に留まってくれれば……(笑)。

最果　たぶんこの連作を書いて「もういいや」って(笑)。

穂村　いろんな花が出てきますね。

最果　何かテーマを決めて書くというのが、当時定番で。「部屋」というテーマを与えられて書いたのが一首目です。そこで花がキーワードになったので、短歌は連作で書くものだっていう勝手な先入観もあって、花をテーマに残りの五首を書きました。

穂村　感覚がどれも鋭い。「あなたを祝う薔薇になりたい」の身体感覚とか「満月の夜に漂着した花は」の「漂着」という言い方とか「大輪だった透明だった」という捉え方。「真夜中の車道で眠る…」という五首目も、最後のアスファルトでヒヤッとした現実の感触が出ている。ひとつの世界があるな、というのを感じます。

　そして、どれもわりとすんなり五七五七七の音数を守っていて、定型に対する抵抗感みたいなものはあまり読み取れないですね。

最果　これを書いているときに、自分が書いてるのか、定型が書いてるのかわからなくなったんです。

穂村　そこがいちばん大きいんだよね。その特性に対して快感か抵抗感か、どちらを感じるかによって、短歌をやる人になるか、短歌が嫌いな人になるか分かれる。

最果　嫌いではないですけど（笑）、「怖いな」と思ったんです。

穂村　このことは今回の作品と比較すると、はっきりわかりますよね。

新作四首（最果タヒ）

「愛して」という感情は私の大事な焚き火です。きみを燃やすつもりはなかった。
今日とかいうクッキー生地をオーブンに入れて固くするだけの日々
私ときみの人生の最高芸術責任者職に就いた茶トラの耳は欠けてる
「愛しているから愛してほしい」愛情時給換算実施中

最果　今回、『ユリイカ』さんから依頼をいただいて、一〇年ぶりに書いた短歌です。本当にひさしぶりだったので、書き方自体忘れてしまっていました。

穂村　感覚そのものはそこまで変化しているとは思わないけど、短歌の定型やリズムに対するスタンスが激変してますね。十代のころの六首がすべて完璧な定型なのに対して、近作では自分自身のリズムの方をより大事にしている。例えば「「愛して」という感情は私の大事な焚き火です。きみを燃やすつもりはなかった。」という作品は、「私の大事な」を取って「「愛して」という感情は焚き火です。きみを燃やすつもりはなかった。」とすれば定型になるし、十代のときならたぶん、すんなりそうしていたと思うんだけど（笑）。

最果　最初はちゃんと定型で書こうとしていたんですけど、どうしても気持ち悪くなってしまって……。五七五にするために削ったものが捨てきれず、結局自分の書きたい言葉を優先させてしまいました。十代のころは自分の作風なんてものがよくわかっていなかったんですが、今は自分の作品を読んでくれる人がいて、書く言葉すべてにわたしの名前が紐付いていて、そんななかで、自分の言葉を定型のために捨てていってもいいのか、それでもわたしの作品と言えるのか不安になってしまった。定型で書く上でいちばんいらないであろう部分が、自分が詩を書く上でいちばん大事にしている部分だったりするから、削れない。

穂村 ある意味その方が自然な反応で、短歌になじむ人の方が不思議とも言えますね。自分の大事なものを守るよりも、初めからある「五七五七七」という型にいきなり世界を譲り渡してしまって、しかもそのことに快感を覚えたりするわけだから。

最果 わたしはもともと、詩を書こうとも思わずにこの業界に来てしまったというか、好きに書いてるものが「作品」と呼ばれて「作品」になっちゃったところがあるので、何かに合わせるというのが非常に苦手なんです。定型を守る意味がわからないです(笑)。

穂村 例えば文学以外の、お能とかお茶とか、日本の芸道には型がありますよね。

最果 ありますね。

穂村 初めてお茶をやるときに「なんでこれ、こう回すんですか」とかいちいち訊く人はいないと思うんです。でも、短歌と俳句は言語表現だから、お能とかお茶のように純粋な型だけがあるものじゃなくて、そこに盛り込む自分の体験や感受性が大事なはずなのに、それよりも型の方を優先して、しかもそれに陶酔する。そんな短歌の世界には批評的な意識というか、そこで立ち止まって考えるっていうメンタルの人が少ないんです。道端に猫がいたら真っ先に駆け寄って抱きあげる人が最強みたいな世界(笑)。

ただ戦争があってから、短歌においてもそこがアンビバレントになった。当時最高と言われていた歌人も含めて、目の前の戦争に対してまったく批評性を持ち得なかった。その痛みがあって、塚本邦雄をはじめとする戦後の歌人は、短歌の定型を選んでいながら五七五七七の切れ目をわざとずらすみたいな、非常に矛盾したアプローチを選びました。

最果　だからどこまでが短歌なのか、よけいにわからなくなるんです。わたしも「これは全部一行詩でしかないよなあ」と思いながら書いていて、でも、そもそも「短歌」という定義もわからなくなってしまって。自分が五七五七七を守って書こうとしても、文字数を頑張って合わせただけの「詩」になってしまうという感覚が、すごくあります。

穂村　わかります。ただ、無理することで「恩寵」みたいなものが発生することはあるんです。本当は七文字の言葉にしたいのに、五文字しか使えないというときに、それって「外部」というか「他者性」というか、いわば神の指示なわけだよね（笑）。もちろん破ることは簡単なんだけど、でもそれを一応破らないと決めると、そこで本来自分のなかから出てこないはずのものが降ってくることもある。

最果　やっぱりちょっと変態的な感じがします（笑）。たぶんわたしは、その降りてくるものを待てなくて、与えられたものから逃げ回って、「おちゃらける」という反応しかできなかったことに、すごく嫌気がさしたんです。それで、十代のときにもうそろそろ定型はやめようと思って最後にこの六首を書いて、あんまりふざけずに済んだからもういいやって（笑）。

穂村　短歌には昔から題詠というのがあって、自分のモチベーションとはなんの関係もない題をいきなり出されるんですよ。しかも、わざと作りにくい題を出すときもあるから、それに対しての反応を試される。最果さんが言われたような「おちゃらける」対応もある。例えば「山脈」で作れと言われて「力道山脈が止まってなんとか」みたいに書くとか。短歌のなかにもそういうのをとても嫌う人はいるけど、それはそれである種の外部性だから、機会として面白い、という発想もあるんです。

最果　テーマを与えられること自体は好きなんです。この前は赤塚不二夫さんの作品をテーマに詩を書いてくださいと言われて、最初はすごく困ったんですけど、やってみたら今まででいちばん楽しかったりして（笑）。テーマがあると自分の世界からはみ出したものが書ける気がして、すごく好きなんですよね。でもそれが定型だと絶対無理と思ってしまうのは、たぶん与えられたものの占める割合が字数的に決まってしまって、自分の好きな濃度で決められないからだと思います。

穂村　なるほどね。

最果　穂村さんは、なぜ最初に短歌を書こうと思ったんですか。

穂村　僕は「なんで詩でも俳句でもなくて短歌なんですか」って訊かれたときに、なんでハンマー投げの選手は円盤でも砲丸でもなくて、ハンマー投げるんだろうって思ったことがあって（笑）。

最果　（笑）

穂村　そういう、直観的生理的なものが大きいのかなと思うことはありますね。あとは、小説家も詩人も歌人もみんな、「白紙」を前にして書き始めるわけだけど、それに対する体感は各々で全然違うんじゃないかと思っていて、僕には白紙の一枚の紙があまりにもだだっぴろく思えた。何か書いてみたかったんだけど、白紙の上で自由自在に演技してください、と言われるとうろたえてしまうというか、もしスケートリンクで自由にジャンプやスピンができるような体感が自分にあれば、定型なんか気にせずに書きまくれたと思うんですけど。短歌を作るにも「とにかく三一歩あるいたら、バタッと倒れてもいいんだ」「そこまで行きつけばいいんだ」っていうくらい、よろよろなんですよ。

最果 でも短歌を書いている人の作品を見ていると、自由さに対する苦手意識みたいなものは見えないんです。わたしの場合、いろんな肉付けをしないと自分の書きたいものに至れないという感じがしていて。「決まった！」と思うまでもがき続けるので、書き終わるまでどれぐらいの量になるのかも予想がつかないんです。長くなって、最終的に終わらなくてボツになるものもありますし、わたしにとって「分量＝もがいている時間」という感覚がすごく強いので、短いものを書けるというのはいちばん、自由で柔軟な感じがするんです。

グラグラこそ詩

穂村 僕らにとって、詩集ってやっぱり読みにくいんですよ。それはジャンルが違うから読みにくいという以上のもので、その証拠に俳句は詩よりはだいぶ読めるから。僕が現代詩を読むときと、詩人が他の詩人の作品を読むときってどれくらい違うんだろうというのを知りたくて、詩人に訊いてみるとけっこうみんな「わからない」って言うんですよね。

最果　みんな違うものを書いている感じはしますよね。自分は自分が詩だと思うものを書いていて、他人は他人が詩だと思っているものを書いている。共通言語がないという感じはすごくあります。

穂村　だからひとり好きな詩人ができても、人が変わるとまたゼロからになっちゃう。俳句や短歌だと、ひとり好きな作家がいたら、そこから短歌や俳句の全体が読める感じに、少しずつなっていくから。

最果　たしかに。詩はその人が詩だと思うものを書くというようなところがあるので、すごく曖昧だし、主観的なのかもしれないですね。

わたしは逆に、詩を書かない人がどういうふうに詩を読んでいるのか、どういうものとして目に映っているのかっていまだによくわからないんです。

穂村　短歌や俳句の人の「読める」っていうのは、かなり厳密に読めることなんです。そのレベルで、あの長さの、一人ひとり個性の違うものを読もうとするとすごくつらい。ちょっとわからなくても飛ばそうということがなかなかしにくくて「ここはわかった、ここはわかんない、ここはわかった……」みたいになっちゃうんですよね。

批評用語で「動く」「動かない」と言うことがあって、俳句にとっては「動かない」のがいいことなんです。グラついていて「動く」、つまりある言葉がほかの言葉と交換可能だっていうのは、それが唯一無二の最善の姿ではないことを示している。

だから現代詩も比較的「動かない」ものしか読めないわけです。例えば石原吉郎とか。メタファーが非常に厳密で、どの一行も、たとえ自分には読み取れなくても、ここには確実に何かがあると信じることはできる。全体が可変的だと、読み終わった後めちゃめちゃグラグラっていう感じがしませんか？

最果　そのグラグラこそ詩、って感じですね（笑）。

穂村　それがいいの？　でもいいグラグラと悪いグラグラがあるよね。

最果　そうですね、でも、このグラグラはよくないとか、このグラグラはなんかいいとか、それは読む人によっても、書いている人のなかでも変わってしまうと思います。わたしにとって詩は全部グラグラしているんですよ。わたしが詩をあんまり読めていないからかもしれないんですけど、そういう曖昧さやわからなさがいいんじゃないかなって。昔、現代詩を書いてみようと思ったときに吉増剛造さんの「燃える」を読んで、全然わからなかったんですけど、とにかくかっこいいと思って。それが一八歳とか一九歳とかのわたしの気分に合っていた。わからないからこそ、その瞬間の感覚にフィットした気がするんです。たぶん今読んでもあのときの「かっこいい！」って感覚には戻れないし、なんでそのときそれがいいと思ったのか、うまく言葉にできないんですよね。

穂村　もう一つ、現代詩と短歌の違いだなって前から思ってることがあるんだけど、現代詩は「ポエム」を拒否するでしょ。それに比べると短歌の世界は信じられないほどミーハーで、ポエムありなんですよ。なんというか、やっぱり詩に比べて批評性が弱い。ただ、それが短歌のある種の活力になっていることは事実でもある。岡井隆とか馬場あき子とか佐佐木幸綱とか、いわゆる歌壇のボスたちはきわめて柔軟で、ポエムに対してオープンマインドなのね。「ふざけんな」とか絶対言わない。

最果　詩人もポエムに「ふざけんな」とは言わないと思いますけど、見ていないな、とは思います。例えば『くじけないで』(柴田トヨ、二〇一〇年)という詩集がありましたけど、あれを詩人が取り上げることはあまりなかった。でも批判もそんなになかったように思います。ポエム的なものを最初から別世界として扱うというのはすごくあると思います。わたしは『現代詩手帖』がスタートだったというのもあって、その流れで読んでもらえていますけど、『死んでしまう系のぼくらに』でスタートしていたら詩人にここまで読んでもらえたのかはわかりません。

わからないままで好き

穂村　ここで少しほかの詩人が作った短歌の話をしようかな。まず、宮沢賢治。賢治はあの時代の文学者の多くがそうであるように、若いころに短歌を書いているのね。

「青空の脚」といふものふと過ぎたりかなしからずや青ぞらの脚

完全に定型なんだけれど、紛れもなく賢治っていう感じはあって、それは「青空の脚」っていうところ。彼のほかの作品を知っていると、ほかの人には見えない「青空の脚」が賢治にはありありと感受できたんだろうと思える。しかし短歌は短いから「「青空の脚」といふものふと過ぎたり」でもう半分以上文字数を使ってしまってて、そこで賢治はどうしたかというと「かなしからずや青ぞらの脚」って書いたわけ。これはやっぱり定型が枷になっているよね。「青空の脚」なんていう明らかに異様なものが出てきているのに「えっ、「かなしからずや」で終わりですか?」っていう感じ。「かなしからずや」というのは賢治の言葉じゃなくて、着地するために普遍的なフレーズを借りてきているんだよね。次のも似てる。

あはれ見よ月光うつる山の雪は若き貴人の死蝋に似ずや。

「山の雪」を「若き貴人の死蝋」に喩える、病的なレベルの感受性だと思うんだけど、まとめとしては「あはれ」なんだよね。「あはれ」っていうのも普遍的な感情で、短歌ではしょっちゅう出てくる。「若き貴人の死蝋」とか「青空の脚」とか、いかにも賢治的なイメージがありながら、それを展開するスペースが充分になかったために「かなしからずや」とか「あはれ」でケリをつけたように見える。もちろん、もっといい短歌もいっぱいあるんだけどね。でも詩を書いているときの、めちゃめちゃ疾走する賢治のすごさっていうか、ありとあらゆる要素が彼の心に降り注いで、それが言葉に転換していくようなあの感じを思うと……。

最果 もったいないって感じがしますね。詩の方がいいって思っちゃうな。

穂村 最果さんの十代の作品の方が、オリジナリティを殺さずにちゃんと短歌してますよ。でも、ここにはわざとそういう歌を挙げたけど、いろんな詩人や小説家の短歌を見るなかで、実は賢治はピカイチですけどね。いい歌は本当にすごいです。

もう一人、谷川俊太郎さんは、短歌の五・七のリズムが嫌いだと公言されていて、たしかに陶酔を嫌うスタイルからすると、体質が合わないんだろうなと思うんです。でも、寺山修司に短歌作ってみろって言われて作ったという歌が何首か彼の本に載っていて、僕は興味津々で読みました。

建物は実にかすかに揺れているそのことだけに気がついている

これはいい短歌ですね。だけどやっぱり「建物は実にかすかに揺れている」と「そのことだけに気がついている」という本来は二行の詩を一行の短歌にパッケージしたように見えるかな。谷川さんは名手だから何行でも書けるわけだけど、ここではおそらく短歌の上句と下句のイメージがあったんだと思う。

午後四時の机の上に匙がある嬰児の声が庭に聞こえる

これもやっぱり本来は「午後四時の机の上に匙がある／嬰児の声が庭に聞こえる」という二行詩じゃないかな。で、最後に引くのがいちばん、短歌なんだよね。

枝枝も雲も私もハイドンも時の白紙に刷られる版画

「枝枝も雲も私もハイドンも」がやっぱり高揚していく短歌のリズムだし、「ハイドン」「白紙」「版画」とハの音を重ねる感じとか、谷川さんに固有のリズムをちょっと譲歩してて、だからこれがいちばん短歌に見えるんだけど、でもやっぱり前の二首の方がひんやりとした凄みがあるような気がする。谷川さんにはもっと短歌を書いてみて欲しいですね。

―― 最果さんのお好きな短歌についても、お話をうかがってみたいです。

最果タヒの好きな六首

体温計くわえて窓に額つけ「ゆひら」とさわぐ雪のことかよ　（穂村弘）

「自転車のサドルを高く上げるのが夏をむかえる準備のすべて」　（同）

ひかげ　ときみは駆け出すどうか皆どうか長生きをしてください　（雪舟えま）

手紙よ、と手紙でつつかれて起きる　諸島が一つにまとまるように　（同）

つぎつぎと炭酸水をやめていくコーラの群れにねむる水牛　（笹井宏之）

廃村を告げる活字に桃の皮ふれればにじみゆくばかり　来て　（東直子）

穂村　これ、僕にはあんまりわからない歌もあるから……。

最果　わたしもわからないまま好きと思っている歌もありますよ。なんか好きだなって思ってる。

穂村　どこが好きかな？

最果　何を言っているのか、あんまりはっきりとわからないのが好きなんです。感情とか出来事未満を書いているというか「そんなささやかなことをここに書きますか？」っていうことが書かれている短歌がすごく好きで。でもこのなかでも、穂村さんと雪舟さんの短歌に対する感覚と、笹井さんと東さんに対する感覚は、ちょっと違う「いいな」だと思っています。前の四首は、今話した「ささやかさ」みたいなものにグッときたのが強いですね。うしろ二つは、自分でも理解できている感覚は全然なくて「よくわかんないけどいいな」って思ったときの「いいな」がいまだに残っているのを選びました。たぶん単語の並びが個人的にすごく好みだったんだと思います。

穂村　「手紙よ、と手紙でつつかれて起きる」とかは、些細だけどいいよね。でもその次がよくわかんないんだよな。「諸島が一つにまとまるように」ってどういう感覚なんだろう。

最果　わたしはこっちの方を、すごくいいなって思ってしまう。

穂村　これ、どういう感覚？

最果　眠っているときって自分がバラバラになる感覚はすごくあるんですよ。それがまとまっていく感じかなって。

穂村　ああ、寝起きだからね。

最果　そうそう、それが「ああ、わかる」って思ったのと、それがいちいち誰かと共有したりしないようなことだったので、すごく嬉しかったんですよね。

穂村　「ひかげ」の歌も面白いけど、なんで「ひかげ」って駆け出すのかな。ＵＶケア的なことかな（笑）。

最果　（笑）　わたしはあんまりそこは気にしていなくて、ここで「きみ」が駆け出したのに「皆」が長生きするのを祈るってところがすごくいいなと思ったんです。「きみ」が駆け出したら置き去りにされて、「わたし」は独りになりますよね、でもそのときに思いをはせるのが「きみ」ではなく「皆」になるっていうのが冷淡でいい。ふたりだけの世界には生きていない女の人の目の感じがすごくいいなと思って。駆け出した瞬間に「きみ」と呼ばれた人ですらただの背景になってしまう。

穂村　そこが面白いですよね。特に短歌では〝きみ〟っていうのがフラットじゃないんですよ。小説のなかに出てくる〝きみ〟とは違っていて、短歌に出てくる〝きみ〟っていうのは相聞のにおいのする〝きみ〟なんです。だから普通だと下句でもそれを引っ張るはずなんだけど、突然「皆どうか長生きをしてください」っていう、七夕の短冊みたいなことを言う（笑）。そこが面白いなって。

笹井さんの歌もわかんないな。「つぎつぎと炭酸水をやめていく」は、気が抜けていくようなイメージなんでしょうか。「水牛の群れ」じゃなくて「コーラの群れ」に水牛が寝てるっていうのは……。

最果　これは、わからないけどなぜか「水牛」っていうのが腑に落ちてしまって。理解を飛び越えたところで納得してしまったから「いい」っていう（笑）。まず「いい」

と思ってから、これはなんなんだろうって考え始めるんですよ。水牛の模様が泡なのかなあ、とか、いろいろ考えるんですけど、考えれば考えるほど台無しにする気がして。これはこれでいい、解釈するのももったいない、と思ってしまうんですよね。

―― 穂村さんの二首を、最果さんはどう読まれたのでしょうか。

最果 穂村さんの短歌は、あんまりブレがない気がしていて。わたしが勝手に解釈するものってここには特にないんですけど、ただ三一文字のためにこれが選ばれたっていう事実が愛おしく思えて、すごくよかったんですよね。結局ここまでささやかなものって、詩にするとシュッて消えちゃう感じがしていて。共感とも違う、自分は経験していないけどこの世界のどこかにはあるものを見た嬉しさみたいな、そういうのが好きなんですよね。それって、映画にはならないけど写真にはなるものがあるように、短歌にはあるけど詩にはないものだと思うんです。短歌には、そういうものを期待して読んでるところがありますね。

穂村 みんなでそのささやかさのツボの突きっこをしているようなところもあるから。

最果 そんなこと言われたら夢がつぶれるんですけど（笑）。

穂村 でも本当なんだよ。やっぱりツボを突くのがすごく上手い人がいて、もうそれをお互いにわかっているわけ。

最果 （笑）

穂村　例えば「鯛焼きの縁のばりなど面白きもののある世を父は去りたり」（高野公彦）って短歌があるんだけど、お父さんが死んじゃったときの歌で、この世には「鯛焼きの縁のばり」みたいに面白いものがあるのに、もう親父はこれを食えないんだな、っていうんだけど、この「ばり」がツボだよね。ただの「鯛焼き」じゃ、まださやかさが足りない。最もささやかなものだからこそ、「ばり」にこの世の全価値を負わせてるんだよ。短歌ってそれをやるから。必ずいろんなものが、ちょっとだけ欠けていたり傾いていたりする。旅先で見た果物屋の台がちょっと傾いてるとか、手すりのペンキがちょっと剥げてるとか書くといいわけ。もちろん現実にはペンキがちゃんとしてる手すりもあるし、傾いてない台もあるんだけど、それでは歌にならない。

最果　ああ〜（笑）。

穂村　夢が（笑）。もっとすごいのは、実際は「団子坂」でも「道玄坂」って書いてわざと六文字の字余りにする。すると、読者は逆に、字余りにしてまで道玄坂って書いてあるからには、これはきっと本当なんだと思ってしまう。リアルの倒錯だよね、これは（笑）。

最果　すごいですね（笑）。

穂村　そこまで言うとあまりにも露悪的だけど、まあ事実で、詩の本質とはかけ離れた短歌のツボの面白さみたいなことはあるんだよね。

最果　短歌を書いてるっていうこと自体が、わたしのツボを突くんですよね。この人は短歌を書いているっていう時点で隙を作られている感じがして、その隙のある人がこういうちょっとしたことを書くっていう時点でもう……。

穂村　ちょっとしたことを書くに決まってるじゃん。銀座でベンツ乗って寿司食ったなんて書くわけないもん。乗ってるのは自転車で、ちょっとタイヤの空気が減ったりしてるんだよ。名前のところがかすれてたりとかさ。

最果　お決まりだとわかっていながらも、それを期待してるんですね。

穂村　だから逆に富豪短歌とかやるといいと思うね。「運転手に寿司屋まで命じたら一流店だが不味かった」みたいな（笑）。

最果　（笑）

穂村　台がちょっと傾いてるとか、手すりが剥げてるみたいなそういうのを、僕は短歌固有の節回しというか、歌手の人がこぶしを回したり、ビブラートをかけたりするようなイメージで捉えている。詩の世界には、詩に固有のビブラートとか、そういうのはないの？

最果　どうなんでしょう。わたし自身の癖はありますよ、「きみ」を多用するとか。でもわたしは詩のお客さんというよりは、わたし個人のお客さんに対して書いていて、だから詩にお決まりのおもしろポイント（笑）、みたいなのはあんまりないな、と思いますね。

穂村　その方が清純だよね。短歌は上手い人ほど、そこだけラインマーカーが引いてあるように見えることがある。「ここがツボだ」って。

――〝あざとさ〟みたいなことですか。

穂村　仮に〝あざとい〟としても抗えない、何か「味」みたいなものかなあ。じゃなければ、そもそも成立しない。

最果　なんだかんだで、あざといのがいちばんかわいいんですよ。

〝人生日記〟というシステム

最果　やっぱり歌人が書くものって生活に繋がっているものなんですか？

穂村　近代以降、そういうことにしたんだよね。〝人生日記帳〟みたいな。それが嫌だっていう人もいてね。短歌で風邪ひいたって書くと次会ったときに「もう大丈夫ですか」って訊かれるなんて、アホか、みたいな。そういう考え方も当然あるわけだけど、でも〝人生日記〟みたいなシステムを採用したために、短歌人口は増えた。現代詩人口がなぜ少ないかと言えば、それは選ばれた技術とモチーフを持った人がやるものっていうイメージがやっぱりあるからで、それに対して、短歌は誰にでもある人生と暮らしの細部を丁寧に書けばそれがそのまま詩になるんですよっていうふうに、正岡子規の弟子たちとかアナウンスをした人たちがいた。新聞の短歌欄なんてまさにそうで、孫が笑ったとか、入れ歯が不調とか、そういう世界。

最果　詩の世界には「これは〃わたし〃のことを書いているわけじゃないです」っていう人がけっこういて、わたしもそうなんですけど、でも『死んでしまう系のぼくらに』を出したときに、すごく心を病んでいる人だと思われて取材を受けることが多くて、その度に違和感があったんです。だから〃人生日記〃に拒絶反応を示した人の気持ちの方がわかるんですよね。ある程度仕事として書くようになるとそうなるものなんじゃないかなって思ってたんですけど、短歌はそうでもないんだなって。

穂村　自分の着ぐるみを着て動いてる、みたいな感じだよね。

最果　わたし、この作者はこういう時代を生きて……とか、そういう背景を教えられるのが本当に嫌いなんですよ。でも短歌は、その歌人が好きで読むっていう感じが強いです。この人がこれを書いているという事実が意味を持ってしまう。それはあまり好きではない読み方なんですけど、そうなってしまうパワーのようなものが短歌にはありますよね。詩だと誰が書いているかはどうでもよかったりするし、この人のこの作品は好きだけどほかは別に好きじゃないとか、けっこうあるんですけど。

穂村　短歌だって本来は「詠み人知らず」がいっぱいあって、たった一首の短歌が作者不明のまま一〇〇〇年残るみたいなことがあるわけだけど、近代以降の〝人生日記〟のシステムだと結局、作品は一つでしょ。ずっと書き続けられた大長篇で、それを最後まで読めるのは作者より長く生きた人だけ、作者より先に死ぬと結末はわからない。これは無茶苦茶な、でも考えようによってはすごくラディカルなアイデアだよね。

最果　わたしがささやかな歌を好きなのは、その〝人生日記〟っていうシステムを疑問なく、素直に受け止めているからだと思います。こういう短い文章に人生が出るとすごくいいなって思うんですよ。自分が十代のときに書いた短歌をわたしがあんまり好きになれなかったのは、結局人生がないからで。まぼろしなんですよね。それだと短歌を書く意味がないなって。この人の長い人生のなかで一首書けって言われて、それでこの一首が出たっていうのはすごく選択の重みを感じる。それは詩を一篇書くよりもずっと意味があることだと思っていて、詰め込める情報量に限りがあるなかでこの一シーンを選んだんだっていうのが、わたしにとって短歌を読む上ですごく大事な感覚なんです。

穂村　短歌においても青春のまぼろしは特別ですよ。青春歌っていうジャンルがあって、他にも相聞歌や挽歌とかあるわけだけど、青春と恋愛と死、どれも特別な心の状態だよね。でも、それがだんだん人生の方に負けていく。

最果 負けていく?

穂村 重みがね。やっぱり若いときは病気もないし財産もないし、地位も名誉もないし経験もなくて、あるのは未来のまぼろしだけ。まぼろししかなければそれはもう真実っていうか、唯一無二なわけだよね。だけど自分もおじさんになり、おじいさんになって、青春のまぼろしが失われたあと、どうやって人生の重力みたいなものを言葉に乗せるのか、僕はずっとわからないままきている。

〝人生日記〟を拒否する場合、小説なら普通にフィクションでいいと思うんだよね。短歌だって、こんなに短い言葉なんだからいくらだってフィクションで書けるわけだけど、そうやって力を絞ったフィクションも、「爪が折れた」「くしゃみが出そうで出ない」みたいなささやかさに凝縮された人生に負けてしまう、短歌というジャンルのなかでは。

最果 短歌に限らず、やっぱり人生は強いなってずっと思ってます。わたしは、人生を描くことがどうしても好きになれなくて、何より青春のまぼろしというものを書くには詩がいいなと思って詩の世界に行って、いまだにその感覚のままなんですね。そのうち青春がまったく見えなくなって、それでも詩がいいと思うのかな、なんてことは時々考えます。詩にしなくていいじゃんって思っちゃうかもしれませんね。

重力から自由になれない言葉

穂村　書評でも書いたけど、『死んでしまう系のぼくらに』っていうタイトルを見たときに、この作者はやはり若い女性であって欲しいって思ったのね。

最果　でも、あれを読んで、わたしのことを男の人だって思ってる読者さんはけっこういるんですよ。

穂村　でもさすがに五〇代の男性が『死んでしまう系のぼくらに』っていうのはキツくない？（笑）　つまり言葉は、例えば音楽のように完全には生身の重力から自由になれないってことなんだよね。「老人は死んでくださいい国のため」（宮内可静）っていう川柳があるんだけど、これは逆に作者自身が老人なんだよね。だからこそ成立するのであって、二〇歳の人が同じことを言ったら厳しい。でも、そうなると、作者の年齢や性別によって作品の価値が変動するっていうことになって、受け入れがたいわけだよね。理想を言えば、そういう地上の属性から切れた価値を求めたいわけだから。

最果　そうですね、わたしが顔を出してないのもそれが嫌だからなんですけど、どんなに書き手が拒絶しても、読み手はどうしても作品の向こうにいる人物に目がいってしまうというのはあるのだと思います。例えば「死んでしまう系」って「太陽系」の「系」のつもりだったので、この言い回しに若さとか、今っぽさを見られたのは想定外でした。たぶん、わたしがどう書こうとしたか、ということとは無関係なところで、コントロールできないものがあるのだと思います。

穂村　ええ。「私性」という言い方をするんだけど、短歌はその作者の重力がより強い。若いときにはもっと軽く晴れやかな気持ちで、言葉はそういう地上の重力から切れているって思っていたのに、歳をとるとそれに反する体験ばっかりで。例えば新人賞に送られてきた作品のなかに「ハッピーアイランド」っていうタイトルの連作があったのね。これは福島のことなんだけど、作者がどこの人かわからなくて怖かった。震災のあとだったからね。福島の人が書いたなら誇り高いタイトルになるんだけど、もしまったく違う土地の人だったらどうしよう、みたいな。それも変な話でさ。住んでるところによって誇り高くなったり「ふざけんな」になったりするのかと。でもどうしてもそう思えて、じゃあ福島の隣の県の人ならどうなのかとか、どこまでだったら震災後に福島を「ハッピーアイランド」と呼ぶことが許されるのか、考え始めるとわからなくなっちゃうんです。

最果　わからないですね。最近は、どういった人が書いたのか、ということが解釈に重要な意味を持つ場合、書き手は自分の属性を表明するという点まで表現として行うべきなのかな、と思います。そうすることで得られる強さみたいなものも、たぶんあるんだろうし……。例えば、わたしがこれから、もし、この年齢の女性が書いているものという前提で読んでもらわないと意味が通じないものを作ろうとするなら、きちんと顔出しもしなきゃいけない、もう表紙を顔にするぐらいしないとダメだなって思う。わたしが今実際にやっているのは、そのまったく逆ではありますけど。作品がどう読まれるのか、というところまで作者がコントロールするべきなのかも、と思います。

穂村　最果さんはそうしてますよね。その決意が新鮮に思えます。震災のずっと前に作られた東直子さんの俳句で、「あなたにも津波がくるわしゃぼん玉」っていうのがあって、やっぱり震災の後は見え方が変わってしまった。今でもいい句だと思うんです。しゃぼん玉という最も微量で弱い水に対して、津波というのは最強の水の姿で、そのふたつが響き合っている。「あなた」にもいつか必ず抗い難い運命の大波がやってくる。そして、目の前に浮かんだ「しゃぼん玉」こそがその予兆なのだ。ということで、この津波は現実とは切れた運命の象徴なんだけど、でも、「津波」と言ってしまった時点で、今の日本人にはあの津波になってしまって、そこを断ち切ることはもはやできない。

最果　言葉って結局みんなのもので、それを借りてきているわけですよね。だから意味が変動するのって株をやる上でのリスクみたいなもので、そういうのは仕方ないかなって思ってしまいますね。現実と偶然にシンクロしてしまったことで、それが言えなくなることがあるのは仕方ないなと。

穂村 そうなんだけど、でもそれは言語表現だからだとは思わない？　表現のための専用ツールである音楽や踊りだったら、現実の出来事からもっと独立した強さを持ち得るんじゃないか。でも、言語は短歌や詩の専用ツールじゃなくて、いわば兼用ツールだから、必ず意味の汚染を受けてしまう。逆に、現実から完全に隔てられないことが面白いって思うこともできるのかなあ。

最果 兼用であることが、作品を読んでもらう上ですごい近道になってる感じもするので、そこはしょうがないかな、って思っています。そこで得してるんだから損することもあるよね、っていうくらいの気持ちです。

穂村 そうか。若いときはもっと純粋だって思ってたんだけどね。もうちょっと踊りとか音楽に近いような気持ちだったの。でも歳をとるにつれてすごく地面がネバネバしてきて（笑）。

最果 （笑）でもその純粋さに気をとられると、うっかり誰にも読めないものを書いてしまう。

穂村 ある種の現代詩にはそんなイメージあるけどね。言葉の純度をどこまでも高めて、誰にも読めないものになるみたいな。

最果　そうですね。わたしも昔は純粋で自由なのが理想だと思ってました。闇雲にやっていたから、言葉というのがわたしにとってどういうものなのかということにまで目がいっていなくて。でもある段階で、意外と自分が見ている言葉は、自由とか純粋とかそういう類のものではないと気づいたんですね。『別冊少年マガジン』で連載をして、現代詩の外の人の目が入るようになったことで、書くことがさらに楽しくなっていった。言葉を、独立した存在ではなく、みんなと繋がっているものとして自分は見ていたんだって気づきました。その途端、わたしはけっこうすっきりしましたね、純粋なものだと思うとけっこうしんどかったというか。

——言語表現そのものが含む大きな問題が見えてきたわけですが、お二人とも、それでもなお言語を用いて何かを書くということをなさっています。今お話しされたようなもろもろの問いを抱えつつ、今後も最果さんは詩を、穂村さんは短歌を書かれてゆくわけですよね？

穂村　書けてないけどね（笑）……どうだろうなあ。

最果　わたしもわかんないです（笑）。結果的にここにいるっていうだけなので。

穂村　散文と韻文は根本的な感覚が違っていて、例えば神さまの書いた作品と人間の書いた最高の作品はどれくらい違うのかってイメージしたとき、小説に比べて、短歌や詩の場合はその差が圧倒的に大きく思える。神さまが100書くとすると、4くらい(笑)。だからほとんどわからないのよ。今日だって、めちゃめちゃ小さい懐中電灯で照らしていることをしゃべっているだけで、その外には膨大な、全然わからない領域がある。順番から言うと、なぜ五七五七七なのか、というその定型の存在そのものが本当は問われなきゃいけないんだけど、手に負えない。ただ、それを前提に書いている感覚をしゃべってるだけだったりするんだよね。

最果 短歌には、神さまがいるって感じはたしかにありますね。

穂村 もともと散文は人間の読者に供するものってイメージがあるけれど、韻文は最初の読者が神さまなんだよね、雨乞いとか国ぼめとか挽歌とか。中井英夫は「小説は天帝に捧げる果物、一行でも腐っていてはならない」って言葉を残したけど、その意識は小説家というより詩人のものだよね。

最果 短歌には神さまがいて、どこかに正解があるって感じがするんですよね。だから、定型に合わないとすごく悪いことをしてる気持ちになるんです。全然書けないってときの傷つきようが、短歌の場合は詩よりもずっとすごくて、つらいんですよ。詩は、神さまはどうせそんなもの書かないから、今書けなくても明日書けばいいって思える。神さまは、詩を書かないと思うんです。でも短歌を書いているとそれができなくて、ここ数週間つらかった、というのはありますね。

穂村　定型に合わないことがつらかったの？

最果　つらかったですよ。どこまでが短歌で、何が短歌じゃないのかっていうのも本当にわからないですし。

穂村　たしかに近代以降の短歌って、本当にひとつのジャンルとして成り立ってるのか、すごく心許ないんだよね。小林恭二さんが昔言ってたんだけど、短詩型は実はジャンルとして成立していなくて、ただいくつかの傑作があるだけなんだって。何かの偶然のように傑作というものが生まれたとき、その周りがぼんやり明るくなって、そのとき一瞬ジャンルがあるような気がするだけなんだって言うの。面白いよね。とすると、たしかに傑作はあるんだから、ぼんやりとであっても短歌というジャンルはあるんだろうな、と。そういうことにしないとみんなが困るからね（笑）。

初出：『ユリイカ』（青土社）二〇一六年八月号
インタビュー・テキスト：編集部

× 石黒正数

右投げと左投げのキャッチボール

石黒正数（いしぐろ・まさかず）

一九七七年、福井県生まれ。漫画家。二〇〇〇年、『アフタヌーン』秋の四季大賞にて「ヒーロー」が四季賞を受賞し、同作が『アフタヌーン』シーズン増刊に掲載されデビュー。何気ない日常の風景からドラマを紡ぐ、ストーリーテリングの手腕で好評を得ている。代表作に『それでも町は廻っている』『木曜日のフルット』『ネムルバカ』『外天楼』など。

石黒正数さんと幸せ

作品を好きになるとき、私はいつもそこに「畏れ」みたいなものを求めてしまい、内側へと切り込んでくるような鋭さや冷たさを探してしまう。そうしたものが私に与える感動はたしかにあって、圧倒されることに心地よさすら感じていた。

けれどそれだけが「好き」という感情ではないのだ、「私はこの作品が好き」とただ叫びたくなるようなそんな、喜びそのものでしかない発見が、大人になった今でもあるんだと、『それでも町は廻っている』は教えてくれた。私にはたくさんの欠けている部分があり、乾きがあり、でも、それを埋めるためだけに感動を求めなくていいのかもしれない、そう思った。救いだとか、気づきだとか、衝撃だとか、そうしたものだけが、すべてではないのかもしれない。何かを解決するわけでもなく、ただ好きだと思った物語、登場人物。私の何かを補完していくのではなく、ただまるごとを包み込んでいく存在。「好き！」と叫べばすべてを伝えられた気になれるこの気持ちは、鋭さや冷たさよりも大きく私を抱きしめて、すべてをリセットする。真っ白になって、子どものころ、好きなぬいぐるみに突進していったときと同じ感覚に戻っていた。幸せになる、ということだろう。そうしたものにまだ、出会えるんだ。私はそのことにやっと気づくことができた。

『それでも町は廻っている』が完結して、私はまず石黒さんに、お礼を言おうと決めていた。しあわせにしてもらっています、というのも変な感じだけれど、でも、とにかくそうとしか言えない。好きな作品です。本当に、すばらしい作品をありがとうございます。

――最果さんは、石黒さんの代表作『それでも町は廻っている』（以下『それ町』）完結時にブログを更新されています。その筆致は愛着に満ちていて、作者の石黒さんへの感謝にも溢れています。実は、最果さんは石黒さんとの対談にご懸念もあったそうですが、それはのちほどお話しいただくとして、まずは最果さんが最初に石黒さんの作品に触れたときの印象から教えてください。

最果　『それ町』はまずアニメで観たんです。深夜にテレビをつけたら偶然やっていて、すごくよかったのでマンガも読んでみたらもっとよくて。そこから全巻買いそろえるに至りました。

石黒　ありがとうございます。

最果　アニメ最終回の天国にいってしまう話（十二番地「それ町」）を観たときにすごく好きだなと思ったんです。そのあともう一度遡って「べちこ焼き」の話（九番地「激突！大人買い計画」）を観て、これはすごい、原作もそろえなきゃダメだと思ったのを憶えています。謎が解決されるとものごとってちょっとこぢんまりしてしまうというか、真実を知ってしまうとがっかりすることって多いですよね。でもこのべちこ焼きの話は、ちょっとSF的でもありますけど、真実が明らかになることで余計に魅力的になる話だと思うんです。そういうのがすごくいいなあと。読んでいる最中もいいんですけど、読み終わったあといちばん好きになる感じ、最後に「ああ、いい話だった」と思えるのがわたしにとっては最高の読後感で、それからガツガツ読むようになりました。

——一話完結で、時系列もクロニクルに進んでいくわけではないのに、最後は大団円になるという不思議な作品ですよね。

最果 あの大団円は歩鳥（『それ町』の主人公。下町生まれの女子高生）の人徳という感じがします。歩鳥ってすごく面白いキャラクターですよね。ど真ん中の主人公という感じですけど、ちょっと器用なところもあるという。

石黒 たしかにドタバタの主人公にしては頭がまわるね。

最果 歩鳥も含めて、今までいそうでいなかったタイプのキャラが多いなと。登場人物の性格とかって最初から固まっていたんですか？

石黒 こいつはこういう人物にしようとか一所懸命考えて作ったキャラクターというのは実はいなくて、大げさな話、『それ町』は自分の人生を一個のかたちに残そうと思って描いていたところがあるので、出てくるキャラクターはどいつもこいつも自分なんですよ。それでいてどいつもこいつも知り合いなんです。特定の友達をモデルにしてしまうとそいつにしかならないから、あまりはっきりとしたモデルはいません。こんなタイプのやつがいたな、というふわっとしたところだけで。

最果 キャラクターじゃなくて人間だという感じがします。

石黒　それは『それ町』が始まった当時に流行っていた萌え四コマへのアンチテーゼなんです。あずまきよひこの発明した「日常会話マンガ」という天才的なジャンルの上っ面だけをマネしたマンガが濫立していたんですよ。そういうものに対して、ちゃんと人間とストーリーを描くことで反抗したかった。後ろにちょっといるだけのモブという役割も嫌いで、主役でなくても全員生きているんだという意識がすごくあったし、反対にいかにもキャラクター然とした主人公にもしたくなかった。ドジというカテゴリだけに収まる主人公は作りたくなかったんです。

最果　だから器用さもあるわけですね。

石黒　そうですね、ドジでありながら趣味でたくさん本を読むから推理もできるし。

最果　ひっかきまわすけど整理もするというのがすごく面白くて、歩鳥の見ているものを追いかけていくのが楽しくて全巻読んでしまった。だから大団円も歩鳥がいたから生まれたものなんだろうなという気がしますね。あとは一話完結になっているというのもすごく好きで、長篇でドキドキひやひやしながら引っ張られるのが苦手なんです。殺すならさっさと殺してくれって思ってしまう。だから『クレヨンしんちゃん』も映画よりテレビ派なんですけど、『それ町』は一話ずつとんとんとんと軽いテンポで続いてゆくなかに、大事なことや不思議なことが隠されている。時系列もバラバラで、正解がパッと見えないんですけど、そのこと自体が〝町〟っぽいなと思いますね。

読み進めていくうちにこの町について自然と詳しくなっていく感じが好きです。

石黒　まさにそういうことがやりたかったんです。何回も通っているうちに町の構造がわかっていくとか、友達と何回も会っていくうちに性格や家族構成についてちょっとずつ詳しくなっていくというのをマンガでやれないかなと思って描きました。

そういえば『それ町』が終わったときブログに感想を書いてくれましたよね。俺はあれを読んですごくびっくりしたんです。

最果　変なこと書いていました？

石黒　変なことどころか、最終巻のあとがきに書こうと思っていたことが書かれていたんです。執筆している間はずっと『それ町』のことを考えてきたので周りがいつも騒がしい感じがしていたのに、完結したら急に静かになってしまって、歩鳥はどこへ行ったのかなと思ったんですけど、たぶん読者のところに行ってしまったんだな……というようなことをあとがきに書こうと思っていて、でもクサいからやめたんですよ。本人が言ってしまうと言い過ぎになると思って書かなかったことがそのままブログに書いてあったのでびっくりしました。

最果　本当にそう思いましたもん。

石黒　自分が伝わったらいいなと思ったことがそのまま伝わる人がいるんだという嬉しさと同時におそろしいとさえ感じましたね。

最果 そう受け止めた人はいっぱいいると思いますよ。わたしのブログを読んだ人で、言葉にはしていなかったけど自分もこう思っていたという人が何人かいましたし。

石黒 最果さんはみんなのなかにあるふわふわとした言葉にならない何かを言葉にしているんですよね。

最果 そうなることは一つの理想だなと思っています。その方が書いていて楽しいですし。『それ町』はわたしにとってとても大切な作品だったので、完結したときのブログは書くことになるだろうなと前から思っていました。最終巻は絶対に泣いてしまうと思っていたのですが、読み終わったら泣くどころじゃなくて……もちろん泣いたんですけど（笑）、エピローグの授賞式の話で何かが報われた気がしました。それで、ブログを書くにあたってもう一度その前の巻とかも読みなおしたら自然とあの文章になりました。たぶんいろんな人が同じことを感じていると思います。いいマンガだったなあ、とこういうふうに思えるというのはすごいなって。

石黒 そう言っていただけると俺が報われます。よかったたな。

最果 時々全巻読みなおしたくなるんですけど、するといまだに新しく気づくことがあって、それがすごく楽しいですね。公式ガイドブックの解説もまだ全部は読まずに、老後の楽しみにしようと置いてあるんです（笑）。一話ずつ読み直しては解説を読むというのをいつかやろうと今楽しみにしているところです。

生身のものが好き

——石黒さんは最果さんの作品のどのようなポイントが気になって読まれるようになったのでしょうか。

石黒　最初に読んだのは小説なんですよ。小説から入って、それで本当は詩を書く人だと知ったので詩集も買って読んでいたんです。いちばん面白いと思ってハマるきっかけになったのは、この『死んでしまう系のぼくらに』に入っている「望遠鏡の詩」です。これを読んでから、最果さんってもちろん言葉の使い方とか感性も褒められているけれど、なによりめちゃくちゃ頭がいいなと。本当の意味で天才が現れたと思ったんですよ。

最果　ありがとうございます。

石黒　この「望遠鏡の詩」って、いちばん尻尾のところにタイトルがありますよね。上から詩を読んでいって、タイトルがオチになっているわけですよ。そこで望遠鏡が見ていたのって星じゃなくて相手だったんだと気づいたときに「うわ、怖っ‼」って。

最果　（笑）

と。

石黒　これはショートショートやん、って思ったんです。詩でこんなことできるのかと。

最果　たしかにそう考えると怖いですね（笑）。あれは佐藤雅彦さんと中村至男さんがやっていた『勝手に広告』というのがヒントになっていて、ある物について勝手に詩を作るというのをやろうと思ったのがきっかけです。『勝手に広告』（書籍は二〇〇六年）にはその商品自体を使った魅力的な写真やイラストが載っているんですけど、それらは「あ、これはこの商品の広告なのか」って気づいたその瞬間が、いちばん素敵に見えるように作られているんです。そんな感じで、何についての詩なのか気づいたときに、その作品の見え方が完成するようにやろうとは思っていました。

石黒　まったく新しい詩のスタイルを見つけてきたなと思いましてね。詩において、本当は開拓されるべきだったけど誰もしてこなかったところ、誰もが目にしていたはずなのに見えていなかったような部分をいきなり突いた、そんな気がしたんです。思ってはいても口に出しちゃいけないことってあるじゃないですか。好きな人を殺したら今度はその人が自分から産まれてきて、好きな人を自分で育てられるんじゃないかとか、そういうエグい妄想って頭の隅にはあったかもしれないけど、それを作品にするってことはなかなかないですよね。最果さんはそれをするんだけど、ただ感性だけでやっているんじゃなくて、とんでもない内容だけど共感できるギリギリのラインを狙っているんですよ。だから作品として成立する。狙っていなかったらただの「電波」になっちゃうんですけど、そこをきちんと成立させているところが最果さんのすごいところだと。新ジャンルであり、ニューウェーブだと思ったんです。

最果　もう充分でございます……幸せ……（笑）。

石黒　だからすごく冷静で計算に強い頭脳を持っている人だと思っていたんですけど、実際に会ってみるとわりとふわふわなさっている印象もあり……。

最果　でも、冷静です（笑）。ものすごく冷静ですね。ふわふわした人というのにも二種類あると思っていて、考えがそもそもふわふわしているというほかに、計算の過程を出さないためにふわふわして見えるという人もいますよね。釈由美子さんなんかもそういうタイプだと思っているんですけど。

石黒　釈由美子を持ってくるとちょっとわかりにくい（笑）。

最果　（笑）　つまり、ちゃんと考えて言っているんだけど説明が足りないからふわふわに見えるタイプ。自分はそっちだと思っていて、なので冷静ではあるんです。好きな人を殺して産みたいっていう話は、自分でも一応エグいなとは思っていて、エグすぎて詩にはならないから小説になった。この話はどの表現がいちばん向いているかな、とか考えているときっていつも冷静です。わたしのなかには理屈があって、その理屈がただ説明するのでは通じないから作品にしているのかなと思っています。

石黒　わかる。そこが俺と少し似ているところだと思っていたんです。自分のなかだけの感情と、他人にも共感してもらえる部分との最大公約数的なところを攻めていくというやり方。例えば奥浩哉さんの『GANTZ』ってマンガがありますよね。あの作品に出てくるモブってものすごく人間味がなくて、俺は昔すごく嫌いだったんですよ。破壊や殺人が起きてもヘラヘラとカメラを向けるようなモブばっかり出てくるんですけど、人間ってこんなに冷血ではないだろうって思っていたので。でも通り魔事件か何かの映像を観たときに、刺されて倒れている人にみんな本当にカメラを向けていて、「奥浩哉が正しかった……」と思ったんです。あれも同じで、すごく極端なんだけど、その正しさが理解できるギリギリの表現になっている。さっきも言ったように、表に出さない方が建前というか体裁がとれることってあるわけですよ。例えば小中学生のころってみんな平気で人を裏切ったり人の悪口を言ったり、あっちとくっついたりこっちとくっついたりということをするんだけど、二〇歳を過ぎて落ち着いてくると、そういうこともあったから今の自分がいるんだとか言って過去の思い出にしてしまう。でもそれでいいのかと。最果さんの詩はそこに実際にあった残酷を絶対に忘れるんじゃないぞって切り刻んでくる感じがする。

最果　建前が苦手なんですよね。いい人はいい人、悪い人は悪い人でいいし、実際にはいい人なんてあまりいないなとも思っていて、みんな建前で接してくれるから気持ちよくコミュニケーションできるけれども、実はみんなクセがある。悪い人というのはある意味クセがある人ということでもあって、そういう人を愛おしいと思う人もいるだろうし、愛おしいとは思わないけど害はないから普通に接しています、というような人もたくさんいるだろうと。悪い人、クセのある人を全部糾弾しているとその糾弾した指先が結局は自分に向くものだと思うし、そういう人たちがいる世の中を受け入れる方が自分自身もたぶん生きやすくなる。たぶんわたし自身がいい人じゃないからなんですけど、それは高校生のころから考えていたことで。みんな「あいつはカスだ」とか、すぐ正義でものを言うんですけど、誰もそんなふうに言えるほどいい人じゃない。でもそういう言い方でないと他人を傷つけられない。もっと自己都合で「お前はわたしの好みじゃない」みたいに言えばいいのに、それができないのはつまんないと思っていたので、それが作品にも出ているのかもしれません。そういう悪意は誰もが持っているものだし、あまり隠すべきじゃないと思っていて、そこに向かって投げていこうとしているところはありますね。大人になってから自分がかつてそういうふうに他人を傷つけてしまったことを思い出すとき、それはある意味本人の傷でもあって、でもそこにこそその人自身の自我みたいなものがあると思っているので、それを過去だとか思い出だとか、美談だとかにはせずに、生のものとして掴むような、そういう言葉を書こうとしているのかなと思います。

石黒　俺は基本的に性善説を信じていて、もちろんそれが信じられなくなるようなことを何度も見てきたけれど、それでも人間は善の生きものだと信じて、そこに響くと思って玉を投げているんです。でも話を聞いていると、最果さんはむしろ性悪説に響くと思って玉を投げている。そこは正反対ですが、右投げか左投げかの違いだけでやっぱり球筋は似ているなと思いました。

最果　そうですね、奥まで投げようとしている感じは一緒だと思います。石黒さんの作品が好きなのも建前のない感じで、建前のある子も出てくるんだけど、物語を動かすエネルギーになっているのはど真ん中のものだという気がするんです。わたしは『それ町』の歩鳥と静さんの関係がすごく好きで、たしかに静さんは歩鳥に対して嘘を抱えているんですけど、でも嘘と建前って違いますよね。そういう嘘のなかに、安直に言うと〝絆〟みたいなものが生まれているということにすごく憧れがあるんです。わたしの場合は人のエグさにボールを投げているところもあるかもしれないですけど、それはエグい部分が好きというより要するに生身のものが好きなんですよね。

共感はいらない

石黒　俺、昔からずっと小説が書きたくてなかなか書けなかったんですが、最果さんはどうしてあっさり小説を書けてしまったんですか？

最果　書けるときと書けないときがありますよ。感性でものを言っているタイプの話は最初は書きやすいんですけど、展開を考え始めるとすごく時間かかっちゃって。

石黒　でもね、バリバリ女子高生の感性だったり男子高生の視点で書いたりしている作品にも、ちゃんと話を牽引していくミステリアスな部分があるのがすごいと思います。あと最果さんの作品には説明をすっ飛ばしてしまう感じがあって、そこがけっこうカルチャーショックでしたね。というのは少し前までの動向として、世の中ではいろんな小説やテレビ番組が説明過多の時代を迎えたんですよ。簡単な例を出すと『仮面ライダー』シリーズにしても、昔は「本郷猛は改造人間である」の一言でみんな納得していたのに、平成ライダーになってからは変身ヒーローという非現実にわれわれ一般人が共感できるようにするために「俺はなぜ変身するのか」とか「なぜ戦うのか」みたいに内面を説明して説明して、やっと納得した上で変身して戦い始めるようになる。ミステリ小説なんかでもそういう傾向だったのが、ライトノベルの時代がやってくると今度はまた説明をすっ飛ばしていいっていうことになってしまったんですね。例えば渦森今日子（最果タヒの小説『渦森今日子は宇宙に期待しない。』、二〇一六年）にしても「わたしは宇宙人だ」と言って、そこに説明を求められてもそれ以上説明しようがないって言っちゃうわけじゃないですか。これを読んだときに説明過多の時代が終わって、もう説明のいらない時代がきたなと思ったんです。

最果 登場人物に共感することが、本当に必要なのかな、と思うことが昔から多かったんですよね。もちろん偶然に共感できたらそれは嬉しいけど、共感しましょうって手をさしのべたものを受け取って喜ぶのはおかしいと思っているんです。

石黒 説明って要は共感させようっていうことですからね。

最果 みんな同じ人間なんだよ、みたいなのがキモいと感じてしまう。

石黒 俺もそれは『渦森今日子は宇宙に期待しない。』を読んでガツンと感じましたね。説明過多なメディアにもやもやしたものを感じつつも言ってはいけない気がしていたんですけど、あの風潮は終わりつつあるなと。

最果 アンパンマンが食べられる悲しみを語り出したら終わりですからね。

石黒 そもそもアンパンマンはどの器官でものを考えているのかとか、考え始めたら成立しない（笑）。

最果 わたしは昔から物語のなかでは人間じゃないものとか圧倒的なもの、天才キャラみたいなものが好きだったんですけど、それって共感できない部分で突き放されるのを快感として楽しんでいたんですよね。天才も苦しいんだとか、天才も努力しているんだみたいな話をされると冷めてしまう。そういうところが作品にも出ているのかもしれません。

石黒　それはわかります。天才キャラの場合は共感されると成り立たないからやっぱり基本的に突き放すようにできているんですけど、『渦森今日子は宇宙に期待しない。』は主人公でそれをやってしまったのがすごいと思うんです。

最果　一時期ネットで何を書けばいいのかわからなくて自分が宇宙人であるという体《てい》で文章を書いていたことがあって、これはその名残なんです。宇宙人なら世の中のニュースにも反応しなくていいし、みんなにもわかってもらえなくてもいい。小説もその名残で書けば面倒くさい説明とかしなくて済むと思ったというのもあったのかもしれませんね。

——そもそも宇宙人が「わたしは宇宙人である」という自己表現を日本語でしている時点でいろいろな前提がかなりすっ飛ばされていますよね。

最果　でもそうやって宣言することでこの宇宙人は地球に住んでいて文明に溶け込んでいるんだなってことはなんとなくわかるし、それで充分じゃないですか。わたしのクラスメイトでもそれ以上に知らない子なんてたくさんいましたよ。

石黒　『渦森今日子は宇宙に期待しない。』の二話目の冒頭で用務員さんが失踪したとき、渦森今日子は同じ宇宙人だからという根拠で納得しますよね。あのあたりがいちばん怖かったんです。別に怖い話ではないんですけど、もし自分が宇宙人だと言っているのがこいつの妄想だった場合、用務員の失踪は完全に事件になってしまう。もしかしてそういう方向に話がいくんじゃないかとぞわぞわしていました。

最果　ああ、そういうフェイクは入れられないんですよね。

石黒　でも『星か獣になる季節』は、フェイクではないけどトリックというか惑わせる何かがあったように思います。前半が手紙という体裁になっていますが、それを書いている主人公の結末にはびっくりしました。

最果　手紙形式にしたのは、横書きの詩がいいから横書きで小説を書いてみませんかと言われて、横書きだったら手紙かなと。逆算なんです。わたしの詩って「ぼく」が主語で「きみ」に語りかけることが多いから、じゃあ男の子が女の子に宛てた手紙にしようということになって、荒ぶる感情を書き連ねるには決死のものがいるだろうなと考えたらこういう結末になりました。

石黒　最果さんの小説のなかでは『星か獣になる季節』がいちばん好きかな。森下の狂信的な感じがギラギラしていていいし、肝心の真実ちゃんのキャラクターが結局一切明らかにならないというのも構成として面白いし。

最果　そうですね、手紙も届かなかったかもしれない。

石黒　前半は山城も森下もすごくギラギラした特別な感情を持った子たちで、後半は一般人の感覚で書かれているんですよね。この熱の違いもまた面白かったです。

最果　手紙ってある意味自己満足で、書いているときには相手が目の前にいないからすごい熱量がかかってしまう。だから現実というものも合わせて書く必要があると思って、第二話では主人公の思いやりが自己完結だったことにしました。それは最初から決めていました。

〝赤〟まみれの文章

――最果さんの作品はちょっとSF的ですが、ジャンルは意識されていますか。

最果　SFは『幼年期の終り』（アーサー・C・クラーク）とか本当に定番の、宇宙人が出てくるようなのが好きなんです。もともと宇宙が好きだったので会話のなかでも宇宙人ネタを絡める癖がありました。でも本職の人から見たらにわかSFというか、そういうのが好きだからちょっと混ざっているというくらいで、結局ジャンルまではいけていないと思います。というよりそもそもジャンルにいこうという気持ちがあまりなくて、ジャンルで分けることに楽しさを感じない。SFを読もうと思ってSFを読むよりも『それ町』とかを読んでいて急にSFの話になるときの突拍子のなさの方が絶対に面白いと思うんです。例えば宇宙人が落としていった銃を歩鳥が拾う話がありましたけど（第18話「穴」）、あれも突然のSFではあるけど起点はあくまでこの町の歩鳥と紺先輩ですよね。SFが普通の学園生活のなかで過ぎていく感じがいいなと。

石黒　俺も全然SFを描いているつもりはなくて、ガチのSFもほとんど読んだことがない。強いて言えば藤子不二雄先生とかの影響でSFっぽいことをやっているだけなんです。だからF先生が言ったように、SFって結局「すこしふしぎ」でさえあればいいんじゃないかなと。説明過多の時代という先ほどの話にも繋がりますけど、最果さんの言う本職の人が考えているSFらしさって、要は物語の不思議さ加減を説明して、その世界観に説得力を持たせるためのものでしかないと思うんです。この程度のSF知識でSFっぽいものを作品に入れてきた俺のところにもガチSFの表紙イラストの依頼がきたり、ハヤカワの『SFマガジン』でマンガが紹介されたりするので、俺らはこの感じでいいんじゃないかなと思いますね（笑）。

最果　人間は月にも行ったし火星にも行くし、テレビにもSF的なものが溢れているなかで、宇宙人とかロボットみたいなものを受け入れる素地が昔よりもできていて、世の中の人が「すこしふしぎ」をすでに許容しているから、説明なしで、フィクションというより冗談の範疇で書けるものが増えているのかなとも思いますね。だから「わたしは宇宙人だ」という断言を書けてしまうのかもしれない。

石黒さんはむしろミステリが好きなんだろうと思うのですが、ミステリ的なものを作ろうという意識はあるんですか。猛くんのドングリの話（第62話「踊る大捜査網」）とか好きなんですけど、あれはすごくキチッとしたミステリですよね。

石黒　ミステリにはけっこう本気で入れ込んでいて、マンガでミステリの文法をやろうという意識は明確にありますね。ミステリの文法とは何かというと、要はフェアな答えの開示の順番なんですよ。それをマンガでやっている。そこさえ使えば、殺人事件を起こさなくてもミステリができると思ったんです。特に、犯人にとっての必然がそれ以外の人にとってはとても不思議に感じられるというのが好きで、『それ町』でよく使うのはそれですね。例えばドングリの話もそうです。猛にとっては必然の作戦だったんだけど、町のあちこちにドングリが置いてあるという状況が町の人たちには不思議に映るという。

最果　その不思議がほどけていく感じがすごく好きなんですよ。ミステリだけではなくて数学のテストとかもそうなんですけど。ヒントはすべて出ているのにわからなくて、でもそこで誰かがポンとひと押しするだけで答えが出るという、そういうのが詰まっているのがいいですね。わたしにはどうしたってできないものだなと読んでいていつも思います。

石黒さんが小説を書きたいと思ったのはマンガを描き始めるよりも前ですか？

石黒　大学卒業のあたり、マンガを描いて持ちこむか小説を書いて応募するか、どっちにしようかなというタイミングですね。でも小説は好きなだけで書いたことがなかったんですよ。ちゃんとした文章の基礎もなかったし文法もわかっていなかっただろうし。応募したところで辛辣な審査員に文章が稚拙だと言われるのが目に見えていたのでやらなかったんです。ただあのときに想定した辛辣な審査員も、あのころに俺が小説だと思っていたものも『渦森今日子は宇宙に期待しない。』の前には敵わない。これを読んでいたら俺も小説を書いていたかもしれない。

——こういうのもありなんだと。

最果　偉い人に「ありじゃないぞ」って言われませんか（笑）。『渦森今日子は宇宙に期待しない。』もそうですけど、わたしの小説って小説が好きな人には受け入れがたいこともあるみたいなので。

石黒　俺がすごいと思ったのはまさにそういう部分なんですよ。例えば細かいところなんですけど、変なことを言った須磨さんを今日子がにらみつけたときの「失言を君はしたよ」というセリフがものすごく好きなんです。これ、文法的には「君は失言をしたよ」が正しいですよね。

最果　わたし、言葉の順序に関してよく赤を入れられるんです。

石黒　でもその「失言を君はしたよ」という言い回しがかわいくてめちゃくちゃ気に入って、思わずメモしてしまいました。もし来月『それ町』の原稿があったらパロディで歩鳥に言わせていたと思う。

最果　わあーっ！

石黒　あと『十代に共感する奴はみんな嘘つき』（最果タヒの小説、二〇一七年）に出てくるセリフで「女子の、うちのお父さんがアルファロメオに乗っている夏が言った」というのがあって、これも文法としておかしいのに、夏のお父さんがアルファロメオに乗っていることは伝わるんですよね。

最果　わたしの文章、赤まみれになるんですよね。

石黒　赤入れちゃダメですよ、これがいいんです。このありえない文法の潔さとギリギリ通じてくる感じがこれまたニューウェーブだなと。

――石黒さんはマンガのなかの言葉遣いに特別なこだわりなどありますか。

石黒　けっこうな比重で会話の言葉選びは気にしていますね。例えば歩鳥は親が生粋の東京人じゃないので、そこから歩鳥に伝わってしまったと思われるちょっとした方言の言い回しがちょこちょこ意識せずに混ざっているんです。それから、本を読むので高校生のわりにいろんな言葉を知っているけど使い慣れていないから微妙に間違っているとか。あとは、説明のためのセリフを入れないということにもめちゃめちゃ気を遣いますね。よくある、読者に認識してもらうために意味もなくフルネームを呼ばせたりするのが大嫌いなんですよ。そういうものにすごく反感があって、日常の会話をただ切りとっただけのように描きたいんです。だからその会話で名前が呼ばれないかぎり読者は名前がわからないままっていう場合とかもあるんですよ。そういったところにこだわりがあります。

最果 わたしも人の意識が混ざっていないタイプの、説明のためだけの文章を書くのはすごく嫌いです。もともとわたしにとって詩の文章ってマンガの、声になっていない心中語に近いレイヤーのものなんですよ。そういう言葉がわたしにとっては自然なかたちで、だから詩を書いていたのに、小説になるとそれ以外の階層——マンガで言うと絵の部分にあたるものまで言葉にしなきゃいけないという感覚が時々あって。それがすごく不自然だと思ってしまうんです。人間の意識を介してしか言葉は発生しないのに、登場人物の誰の感性も通していない言葉がこの世界にあってもいいのか？みたいに思ってしまって。それもあって、さっきも話に出た説明の少なさに繋がっていくんだと思います。マンガばっかり読んでいるのも、わたしにとって不自然な言葉があまり登場しないからかもしれません。マンガのなかの言葉でも、特に意味のない言葉の方が好きで、例えば『それ町』でいうと、歩鳥が推理小説家の島辺博人先生にサインをお願いして「いいですよ」と言われたときの歩鳥のリアクションに「ジャジャーン」という効果音がついているところとか（第30話「メイド探偵大活躍」）。あれを読んで以来嬉しいことがある度にあのコマが頭にポンッと出てくるぐらいフィットしたんです。そうやって感覚が言葉とか絵にぴったり落とし込まれるとすごく嬉しくなります。あとは台風がくる話で、歩鳥が宇宙人をおにぎりに喩えるやりとり（第128話「嵐と共に去りぬ」）。あれも話を転がすのとはまた別の部分ですけど、そういうのがいちばん大切だと思うんです。あの状況でおにぎりと言える歩鳥のかわいさとか、たぶんあれは忘れないと思う。おにぎりを見る度に思い出すでしょうね。

――マンガ独特の表現ですよね。小説だとそれも説明になってしまう。

石黒 そうですね、文章だとかたちを説明しないと話を転がしていけない。

最果 でもそこを説明したら野暮ですもんね。

石黒 なるほどね、そうか。「自分では美しい人間と言っているけどおにぎりにしか見えない」なんて言葉で書いちゃダメですよね（笑）。

――ちなみに石黒さんが小説を書くとしたらこういうものを書きたいというような構想はあるんですか。

石黒 ふわっとしたものはあるんですけど、いかんせんマンガ家なのでマンガに使えてしまう場合があるんですよ。すると小説に書こうと思って考えていたことがだんだんマンガに流出してしまう。一〇年ぐらい前から「マンガにしかできないことを」というのを口癖のように言いながらやってきたのですが、逆に小説にしかできないことというのもありますよね。叙述トリックなんてその最たるもので、男だと思っていたら女だったとか、そういうのって文章でしか仕掛けられないじゃないですか。それが逆に足かせになってしまっているというか、せっかく小説を書くなら小説でしかできないことをやらなきゃダメだと思って二の足を踏んでいる。ただ、読者の立場になってみたらそんなことは実はたいして求めていないんですよね。これも『渦森今日子は宇宙に期待しない。』を読んでいて思いました。高校生たちのやり取りがおもしろいのであって、叙述トリックとかそういうのはなくていいなと。今日子が思い込みとかじゃなく本当に宇宙人でよかったなと思いました。

最果さんはパンドラの箱

最果　対談で石黒さんのお名前が挙がったときに、わたしにはないものを見つけて追いかけている方だから、対談してもどうしようもないのではないかと思ったんです（笑）。

石黒　それは俺も思っていたんですけど、今日会ってみてむしろ似ているなというのがわかりました。対談が決まってから最果さんの作品を読み返していても、似ているところばかり目につくんですよ。最初に話した、実は計算しているだろうというところとか。

最果　でもそれを隠してはいないんですよ。計算していないというふうに見せているわけではなくて、なんというか、詩人という肩書きのせいで勝手にそう思われるんです。アーティスト気質だろうって。でもちゃんとギャラの交渉とかしますしね（笑）。確定申告もするし、締切もできるだけ守るし。

石黒　そうそう、俺も締切破ったことはないです。そういえばマンガばかり読んでいるとおっしゃっていましたけど、この『空が分裂する』（最果タヒのイラスト詩集、二〇一二年）でコラボレーションしている（マンガ家の）メンツって最果さんがリクエストしたものなんですか。

最果　それはもともと『別冊少年マガジン』の編集部で作っていたんですけど、わたしが好きで描いて欲しいと思った作家さんのリストに編集部の提案も追加して、それをもとに編集部が一人ずつ当たっていくという感じでしたね。このときはまだ石黒さんのマンガを読んでいなかったんですが、今だったら確実に土下座してお願いしていました。

――詩は絵を描く方のイメージも念頭に置きながら書いていたのでしょうか。

最果　タイミングによりますね。古屋兎丸さんの場合などは話を持っていってすぐにわたしの詩を読んでイメージができたと言って原稿をくださったので、絵が先でした。

でも連載の第一回が萩尾望都さんで……。

石黒 いきなり大御所。

最果 まだ作家さんのリストも作っていなかった段階で、というかそもそもお名前を挙げることなんて恐れ多かったんですが、わたしがファンなこともあり編集部の方が提案してくださって。OKもらいましたって言われてマジかよって。そのときはすごく緊張して書いたのを憶えています。ぽっと出の無名の詩人が急に『進撃の巨人』と同じ雑誌に載るというので本当に必死で、まず詩を読まない人が読むという状況が初めてだったんですよ。「なんだこのページは?」って言われるのが目に見えているなかで、自分がずっとふつうに読んでいたマンガ家さんと一緒に載るという時点でほとんど酸欠状態でした。だからもちろんそれぞれの画風や作風に引っ張られるということもありましたけど、基本的にはあまり考えていなかったです。もっと感覚的に、相手は象でわたしは蟻みたいな感じなのでただぶつかっていくしかない、今書ける限りのいい詩を書かなければという感じで、とにかく全力でしたね。

石黒 ジャンル違いのところに載せられるつらさ、わかります。文芸誌である『メフィスト』に『外天楼』を連載していたときも、あんなミステリの大御所たちの小説に混ざってマンガのコーナーがあるということが申し訳なくて。

―― そういう場合って反響もふだんと違うわけですよね。

石黒　担当によると思うんですけど、俺の担当は誰も何も教えてくれないので全然わからず書いていました。

最果　ネットの感想とかって見ます？

石黒　なるべく見ないですね。俺には小原愼司っていう師匠がいて、俺が二〇代のころに初めてお会いしてお家に遊びにいって話しこんだときに、ネットで感想を見ると描けなくなるから検索するなって言われたんです。デビューしたてのころは毎日検索していたんですけど、しない方がいいと言われてしばらくしなかったら、まるで何日か休んだあとの教室みたいに行くのがこわくなって、それから検索できなくなってしまった。まあこの間その師匠のTwitterを見たら、エゴサーチして感想をリツイートしていたので「あれっ？」ってなったんですけど（笑）。

最果　（笑）

――最果さんはエゴサーチはされますか。

最果　エゴサの神！ってぐらいよくしていました。でもだんだん雑になってきましたね。昔は作品名で検索したりもしていたんですけど、面倒くさくなってきたというか、しんどくなるのがわかっているのになんでやるんだろうと思い始めてきて。この間手塚治虫の『ブッダ』を読んで、それからエゴサしようとするとブッダが「エゴサしてなんになるのです」と言うので、最近しなくなったんです。ここ一週間くらいしていない。欲望があるから苦しくなるんだとブッダが言うのはまさにそうだなと（笑）。

――褒められているのを見たくてエゴサしているはずが、だいたいディスられていることしか頭に残らないですからね。

最果　読んでくれているのは、わたしの作品を好きな人たちなのに、何をしているんだって。だから石黒さんの師匠の言葉は正しいと思います。ご自身は守られなかったみたいですが（笑）。

――最果さんにとってネットは発表媒体としても大きな場所ですよね。マンガも今はネット発のものが増えているように思います。

最果　増えていますね。

石黒　編集者がネットから作品を見つけてきて、それを逆に本にするということもよくあります。この言葉が好きなのでまた言いますけど、それもニューウェーブだなと。俺ニューウェーブって言葉が好きなんですよ。八〇年代に音楽のニューウェーブというのがありまして、戸川純とかKERAとかあがた森魚とか、あのへんの方々が起こしたムーブメントなんですけど、単なるロックでもなければ歌謡曲でもない、まるで舞台のようだったりグロテスクであったり、それこそ見えていたけど誰も触らなかったような不思議な音楽をやり始めた。俺はそこを中心に音楽を聴いていたんですけど、二〇一〇年代にもう一度〝二〇一〇年代ニューウェーブ〟と呼べるものがあったと思っていて、それはネットの言葉を歌詞に取り込んだり「死ね！」とか「死にたい」「殺したい」とか、思っていても言っちゃいけないことを言った、だからこそ聴く人の心に響いた神聖かまってちゃんとかあのあたりの一群なんですね。最果さんを詩のニューウェーブと言ったのは、あの感覚に近いものを感じたからです。誰にも似ていなくて、だからこそこんなに大きな波になったと思う。

最果　いい空席があっただけですよ。

石黒　それを見つけるのがすごいんです。「望遠鏡の詩」を見たときに「こいつやりよった！」と思いましたもん。ここが空いていたか、と。そうそう、例えば『十代に共感する奴はみんな嘘つき』でも、なんでこれを今まで誰も言わなかったんだろうと思った一文があって、それは「いじめられている人がひとりいるといじめてもいいと周りが思ってしまう」ということ。これは真理だと思いました。今までにも「いじめられる方にも原因がある」とか「止めない周りのやつもいじめているのと同じ」とかいくつか定番の言い回しがありましたけど、本当はいじめられている人がいるといじめていいと思ってしまうというよからぬ感情を言葉にしたくないから、止めない人もいじめているのと同じだみたいな道徳的な言い方が生まれたんだろうなと。これは俺も『外天楼』でものすごく回りくどいかたちで描いたことなんですけど、要はそうやって言葉を選んでいる人間の気持ち悪さというのがあるわけです。少子化で子どもが足りないとは言うけど、セックスが足りないとは誰も言わないし、性欲が足りないとも言わない。そこの矛盾は見ないふりして我こそは道徳者でございって連中が俺は大嫌いで、そのあたりの矛盾を世に認識させてしまうパンドラの箱的な感じが最果さんにはあると思います。最後にまとめると、最果さんはパンドラの箱です。

最果　そこには希望もありますか？

石黒　やはりみんながそれを読んで共感しえたというのは希望ですよね……すごくよくまとまったと思いません？（笑）

初出：『ユリイカ』（青土社）二〇一七年七月号
インタビュー・テキスト：編集部

× 志磨遼平

平凡、あるいは詩とロックの日常言語

志磨遼平（しま・りょうへい）

一九八二年、和歌山県生まれ。ミュージシャン・文筆家・俳優。「毛皮のマリーズ」として二〇一一年まで活動後、一二年に「ドレスコーズ」を結成。シングル『Trash』（映画『苦役列車』主題歌）でデビュー。現在は志磨遼平のソロプロジェクト。これまでにアルバム六枚、シングル三枚、映像作品二枚をリリース。一六年には俳優として映画『溺れるナイフ』、WOWOW連続ドラマW『グーグーだって猫である2 – good good the fortune cat –』に出演。

志磨遼平さんと音楽

自分自身をある一つの作品として、俯瞰で見つめながらも、誰よりもその熱を信じて、命を燃やしていくことの難しさ。ステージの上にいるミュージシャンを見るたび、そうした太陽のように自分を燃やしていくありかたを、私は本当の意味で理解することはできないのだろうと思い知った。

音楽は不思議だ、人の身体が大きく関わるものでありながら、どこか、人であることから離れていこうともしている。私は音楽が好きだけれど、その先にいる、それを奏でる人たちに対して、どんな距離を取ればいいのかずっとわからなかった。作品がすべてだと思いたくても、音楽には演奏があり、そして身体が紐付いている。そして、その身体から、歌として、言葉が生まれている。言葉が、ただの文字として、もしくは音として、存在することは決してなかった。音楽としての言葉、その人の声としての言葉、聴く人の耳に届く音としての言葉。これらを同時に操るとき、聴いている私よりも、ずっと外側から音楽を見つめることが必要になるように思えた。そして、同時に、音楽の底へと沈んでいくことも、忘れてはいけないのだろう。

志磨さんが自らの作品について、冷静に、客観的に語るとき、その奥で決して消えない熱のようなものが私はずっと気になっていた。厳密で、正確なことを見定めようとしているその瞳に、ゆらぎ、だからこそいつまでも燃える炎があった。それは音楽そのものの、二面性にも通じていて、だから私は、音楽に会いに行くつもりで、志磨さんとの対談へ向かいました。

――今回は最果さんの作品についてのご感想をツイートされたこともある志磨さんたってのご希望ということもあり、この組み合わせが実現しました。言葉と音楽の交点をめぐってお話しいただければと思います。志磨さんは、最果さんの作品をいつごろからご覧になっていたのでしょうか。

志磨　たしか最初に見たのは『花椿』で、二、三年前だったと思います。とても素敵な詩だと思って、Twitterを見たり調べたりして『死んでしまう系のぼくらに』を買いました。

最果　それでTwitterに感想を上げてくださったんですよね。それを見て「まじか！」と(笑)。本の場合、あまり直接のリアクションが返ってこないので、自分が知っている人が読んでいるのを見ると、本当に本屋に出ているんだ、届いているんだってちょっとびっくりします。

――最果さんはいつから志磨さんの音楽を聴かれていましたか？

最果　十代のころにちっちゃいライブハウスに行く趣味があったんです。だいたいチラシの束が配られるんですが、そのなかに「毛皮のマリーズ」という名前があって、「かっこいい名前のバンドがあるな」と思ったのが最初の記憶ですね。そのあとしばらくしてからCD屋さんで見かけて、知っている名前だと思って聴くようになりました。

志磨　ライブハウスとか行かれるんですね。
最果　今はもうあんまり行かなくなりました。特に小さいところになればなるほど、一体感に巻き込まれてエネルギーを吸い取られる感じがするじゃないですか（笑）。
志磨　わかります。ぼくもライブハウスに観にいくのは苦手。
最果　そうなんですか。わたしは、ミュージシャンじゃない自分というのにコンプレックスがあるんです。もともと本や映画ではなく、音楽がすごく好きだったので、ライブを観ると「なぜわたしは音楽をやっていないんだろう」と、ステージの上・下の違いを圧倒的に感じてしまう。もちろんいい音楽に圧倒されるというのもあるけれど、ライブが終わったころには自分のなかが完全に焼け野原になっているような（笑）。それがたまらないところでもあるのですが、エネルギーがないときはしんどくなります。
志磨　焼け野原になるくらい完膚なきまでにとどめを刺してくれるといいんですけど、中途半端にさくっと刺されるようなのは嫌ですね。
最果　完全に打ちのめしてくれたらファンになるんですけど、なかなかどっちに転ぶのかわからないのが怖いので、いろんな人が出るライブには行けないです。
志磨　ぼくも同じで「なんでぼくは今ステージにいないのかな」と思ってしまいます。例えば、バンド始めたてでライブをやってもお客さんなんか誰も集まらないときは、

「人が集まっているライブハウス」というだけでつらかった。でも、だんだんお客さんが増えてきて、そうなれば他のライブを観たときに優越感に浸れるかというとそうでもない。やっぱりメインはステージ上の彼らであって自分じゃないので、すごく居場所がなくて帰りたくなってしまうんです。

最果　そういう場合、わたしは最終的には「ミュージシャンじゃないからな」で逃げられるけど、志磨さんはそうではないから特に生々しいですね。

志磨　例えば『ユリイカ』でもそうですけど、いろいろな人の書いた記事が載っている雑誌や書籍は、いわばフェスのような感覚はないんですか。

最果　そういう感じがまったくないわけではないけど、執筆者同士で殴り合う気はそれほどないかもしれません（笑）。

志磨　ページ数とか、扱いの大きさとか気になったりしません？

最果　巻頭じゃねえか、とか？（笑）でも、それぞれが与えられた役割をやっている感じがするので、あまり気になりません。特に文章は、読んでいる間「この人はこういう立ち位置でこういう作風なんだ」って考える余裕がある。でも音楽は考えさせないというか、感覚の比重が大きくてある意味抗えないところがありますよね。だから、本の場合は、書店に行って平積みされているか棚差しになっているか、気になるのは強いていえばそれぐらいです。

ただ、平積みの本を見て売れているなと思っても、自分がそんなに売れたいのかと言われると違うかもしれない。やっぱりそれは数字の話に過ぎないというか、それよりもいろんな人に読んでもらって感想がいっぱいくることの方が体感として重要なんです。部数が増えても、勢いは増すかもしれないけど大きくは変わらないんじゃないかなと思う。

志磨　書物の場合は、例えば読者が一〇〇〇人いるのを目の当たりにすることはないですもんね。

最果　ライブのようにリアクションが目の前で見えるというのもない。一方で、自分がひとりぼっちで本当は誰も読んでいないんじゃないかと思えるくらいの状況の方が書きやすいというのもあります。

志磨　それもなんとなく想像できます。リアクションがあるとやっぱり疑ってしまいますね。例えば聴いている人がすごく盛り上がっているとして、それは本当に理解した上での盛り上がりなのかとも思うし、あるいは理解されるのを拒みたいという気持ちもある。それはひとりぼっちで書くというような感覚がぼくにもあるからだと思います。誰にでもすぐに理解できますと言われると癪に障るというようなアンビバレントな感情がある。

最果　音楽の感想を「わかります」と言うのはすごく怖いことだと思います。わかった気になっているというのは、おそらく衝撃を受けた証拠であるとは思うけど、書かれたものについては何もわかっていないんだろうなと。だから音楽の感想を書こうとするといつもバカになってしまう（笑）。言葉を出せば出すほど上滑りしそうな危うさがあります。

歌に最適化された言葉

志磨 詩のなかに、例えば嘘ではない言葉、ノンフィクションと言えるようなものはありますか。

最果 詩の場合、それはないですね。どこかにある感情を書くという感じです。

志磨 それは自分の記憶とかではなく？　あるいは他人のなかにあるものですか。

最果 他人のなかですね。言葉は自分のために存在しているように思えなくて、自分の話を書くのはすごく気持ち悪いと思ってしまいます。小学生のとき読書感想文を書くのが好きで、なぜかというと先生の心に届くように文章を書くのが楽しかったからなんです。特に、ちょっとした宿題で、例えば教科書の一部分とか詩とか、先生が選んだものを読んで書くとき、自分のなかにある言葉というより先生のなかにある感情が言葉の形になって目の前に現れたような気がして、それがすごく鮮烈でした。

誰かが読むということを想定して書くときが、いちばん言葉が生き生きするというか、書いた言葉につられるように次の言葉が浮かんだりして、結果的に自分がまったく想定していなかった文章になるのが面白かったです。言葉って自分のなかにあるんじゃなくて、自分と他人の間にあるものなんだな、とそのときに思いました。だから、わたしの作品をわたしがいちばんわかっているとはどうしても思えないし、わたし以上に読者の方にわかる！って言ってもらえるのはとても嬉しいです。

志磨　それを「詩」だと意識されたのはおいくつくらいのときなんですか。

最果　一六、七歳のときですね。ブログにとりとめのないものを書いていたら詩っぽいと言われて、それから意識し始めました。そのあと現代詩を読んだりしましたが、それ以前は歌詞が好きでした。

わたしがいちばん最初に触れたロックはブランキー・ジェット・シティで、それまで洋楽も聴いていたけれど、いまいちピンとこなかった。でもブランキーを聴いた瞬間に、ほかのものも一気にかっこよく感じるようになったんです。それはなんでだろうと考えてみたら、あとになって歌詞がいいと思ったからだということに気がついた。海外の音楽にハマらなかったのは日本語じゃなかったからだと（笑）。

歌詞って、文脈がないんですよね。言葉そのものが暴れているというか、志磨さんの歌詞を好きだなと思うのも、一気にたたみかけてくるようなところがあるからなんです。言葉のつぶつぶがいろいろな方向に面白いというか、愛嬌のある言葉や汚い言葉が急に混ざったり、入れ替わったり、変に整理整頓されていないようなところがある。いろいろな感覚の言葉が乱反射しているのを聴いていると、人の息のようなものを感じて、いいなと思うんです。それはきっと歌じゃないとダメで、声に乗っかっているからこそ、ひとつのものに聴こえて、乱れ方が逆に刺激になる。文章で読んでいると、とっちらかっちゃうのかもしれない。そうやって歌に最適化された言葉というのに魅力を感じます。ブランキーの歌詞も文脈がなくて、急に思いもよらない単語が出てくる。あるいは、今までかっこいいと思ったこともない単語をかっこよく見せてしまう。

志磨　（ボーカル・ギターの）浅井健一さんはすごくそういうのがお上手ですよね。

最果　言葉が一気に新しくなって、アップデートされていくような感じ。「今まで自分はなんて小さいところで言葉を書いたりしゃべったりしてきたんだろう」と、文脈とは関係のないところに言葉の魅力があるんじゃないかと思い始めたんです。

志磨　ブランキー・ジェット・シティがご活躍されていたのはぼくが中高生くらいのときだったんですけど、そのとき実は〝ロック〟的なイメージというのにすごくアレルギーがあったんですよ。それよりもぼくは文学とかマンガの方が好きだと思っていて、〝ロック〟を聴く人に自分はなりたくないと思っていた。ブランキーをという意味ではなく、楽器を持って街をうろついている人たちというか。だからブランキーも大人になるまで聴けなかったんです。

大人になって、いろいろな経験も積んでから、ブランキーを意識的に聴いてみたら、みんなが好きになる理由がわかりすぎるほどわかって、むしろ少年時代に聴かなくてよかったとすら思いました。絶対ブランキーになりたくなると。本当にパーフェクトだと思いましたね。

最果　連れ去られそうになりますよね。

志磨　以前、浅井さんと共演させていただいたときにライブを観ていて、「コンビニ行ってくるけど何か欲しいものある?」というような歌詞があって衝撃的でした。それこそふつうに聴いていた言葉が変容する瞬間。

歌詞というのはどうしてもその人の身体性と切っても切り離せないものだから、あの人がコンビニに行くというストーリーのような背景がカッコよくて、それを超えられないことの面白さと同時に、それだったら何を言ってもいいんじゃないかという悔しさを感じます。ぼくはあまり歌詞を褒められたことがないんですよ。

最果　本当ですか?

志磨　ぼくも「本当ですか?」って思っているんですよ(笑)。一所懸命歌詞を書いているのになんでだろうと考えると、たぶんぼくの発言と一緒になっているんでしょうね。インタビューとかで生い立ちも話しますし、どういうバンドをやっていたかとか、そういうストーリーと同じ次元で見られている。

でも、最果さんの詩のつくり方とやっている作業としてはそれほど変わらないはずなんです。ぼくも他人のなかにある言葉を発掘して並べあげていくのが歌詞であると思っているのに、どうしてもノンフィクションだと信じられてしまう。ただ、ぼくも好きな音楽を聴いているときは、きっとこの人は何かあってこういう歌詞を書いたんだろうと思ってしまいますし、特にポップスの場合は詠み人知らずの音楽を好きになるということはなかなかないからかもしれませんが。

最果　やっぱりライブというものがあるからですよね。その人が目の前で歌っているというのが大事な気がします。

志磨　自分自身そういったものを観て「こういうふうになりたい」と思って音楽を始めているから、いやらしいけど、どうしてもそういう評価をしてもらいたいという気持ちがどこかにあるんでしょうね。

最果　音楽だったらわたしも顔を出していたかもしれません。音楽は声であり、身体に紐付いているから、それをまるごと受けとめることが音楽を聴くということなんだと思うのが自然なのかもしれません。

逆にいえば、身体と結びついたものが、その人が死んでからも何十年と残っていくという状態がすごく面白いなと思います。誰が歌っているかわからないようなものを聴くと、一気に時代を戻っていく感じがして、もしかしたら音楽ってそこがいちばん面白いのではないかと、時々思います。

ブランキーをすごく好きになったときにはすでに解散していて、中学生だったので後身のバンドのライブも観にいけなかったから、本当に存在していたのかどうかわからなかったんです。だから作品を切り離して見ることができていて、結果的によかったのかなと。もしそのタイミングじゃなかったら、歌詞のよさに気づく前に、「この三人かっこいい！」と思ってコピーバンドをやって終わっていたと思います。ロックってどうしても歌っている人のキャラクターが強く出ちゃうけれど、それをひそかに忘れて聴くのが好きなんです。

志磨　なんて理想的な聴き方でしょう。

最果　どれだけその人自身のファンにならずに、その人の〝音楽〟のファンになるか。聴いていくうちに好きな曲、嫌いな曲というのが出てくるじゃないですか。それが全部まるごといいものだというふうに聴こえるのはなんだかもったいないなと、昔から思っていて。

それに比べて文章と作家というのは距離があって、だからこそちょっとしたプロフィールが独り歩きしちゃうんです。わたしは、国語の教科書で作品の最後にその作家の写真と経歴が必ず載っているのが気持ち悪いとずっと思っていました。特に明治とか大正の作家は自殺したりしているから。太宰治がかっこいいと思うのは作品じゃなくて経歴じゃん！って、作品を読むときにそっちに引きずられるのがすごく嫌で、それでは作品をちゃんと読めなくなると、そうなってしまう自分を寒く感じるんです。友達が太宰治がすごく好きで、写真とかを持ち始めて「本を持とうよ！」って思ったことがあります（笑）。

志磨　そのお友達がヒモに捕まっていないか心配ですね（笑）。

最果　ある意味で太宰治よりも太宰治を主観的に見ちゃっているんですよね。読む人は言葉だけじゃなくて書いた人をどうしても追いかけてしまうところがあって、それに応えているといつのまにか作家像の方が強くなってしまう。だから、キャラクターが注目されている人も結果的にそうなってしまっているだけだと思うんですけど、それってもったいないですよね。わたしはそれを意識的にかわそうとしていて、言葉の方がわたしより偉いと思っているので、あまり自我を出したくないなと思っています。

若さと円熟

最果　わたしはこの間発売されたドレスコーズの『平凡』が、今までの志磨さんの作品のなかでいちばん好きなんです。作品ごとにどんどん更新されていって、新しいアルバムについてふつうにそうやって思えることが嬉しい。

志磨　ありがとうございます。ぼくのなかでは更新されていっているんですが、そのこと自体を不思議に思うときもあります。例えばリアルタイムで作品を追える詩人がいたとして、平均的な全盛期って何歳台くらいなのか。若いときに書いたものが代表作になるんでしょうか。

最果　個人的には例えば吉増剛造さんの「燃える」など、若いときに書かれたものが好きです。伊藤比呂美さんの場合は「カノコ殺し」のような出産したころの詩も好きですが、やっぱり全体的に若いころの詩の方が好きなものが多いかもしれない。でも円熟していく言葉というのもあって、それはそれで面白いです。

志磨　ロックの場合、歳をとってからピークがくる人というのはなかなか見当たらないですよね。そういう宿命の仕事だと思っていて、例えば二〇代よりもいい曲を五〇歳くらいで書けるかというのは信じられないんですが、今のところ自分のなかでは常にそれ以前よりいい曲を書くことができているんです。それが非常に嬉しくて続けようと思える。

最果 作品をつくる上で年齢は気になりますか？

志磨 作っているときは気にならないんですが、自分の音楽をロックの歴史のなかにおいて客観的に見たときに年齢というものを感じることはあるかもしれない。でもそれは、きっと言葉ではない部分がそう感じさせるんだと思います。リズムや見栄え、ルックスとか日ごろの行いとか（笑）。例えばインタビューをソファにのけぞって受けるとか、十代、二〇代は平気でそういうことをしちゃうじゃないですか。三〇代、四〇代になってもそんなことしているのは人として絶対におかしくて、異常者だと思うけど、特にロックはそういうものと親和性があると思うんです。あるいは、常に怒っていたり、孤独だったり。

だからそういう意味では、ロックをしている人はなかなか幸せになれないんじゃないかと思う。すっごい幸せなときにロックは合わないですよね。二〇代後半くらいのときに悩んだことがあって、「うわ、ロックやりたくねー！」って思ったんですよ。

最果 えーっ！

志磨 幸せなときに薄汚いお兄ちゃんに大きい音でギターを弾かれても違和感があるなあということに気づいて、全然必要としなくなったんですよね。エンジェルみたいなのが出てきて、ハープとかポロロンとやって欲しいじゃないですか（笑）。やっぱりロックって苛立ちとかそういうものにすごく合うんだなと。

最果　でも、書いていてもそんな感覚はあります。十代のころから書いていて、ここがピークなんじゃないかという恐怖はずっとありました。理由もなくここまで怒れるのは今だけじゃないかと。理由がないからこそ言葉が暴れて詩になっていくという感覚があった。それこそ青春というか、そういう感覚って誰しもが持っているものじゃないですか。それがだんだんみんなそれぞれ違う環境に生きるようになって分かれていくと、同じ言葉を使っているはずなのに通じなくなっていく。その別人になっていく感じがすごく怖かったです。だから、十代の人は何かものをつくるべきだと思っています。打てば響くようなものが絶対につくれるから。

志磨　みんなが共感できるものが書ける。

最果　十代はみんな酔っ払っているようなもので、それからバラバラに酔いが覚めていく。そう考えると、おそらくわたしにとって書くという行為は酔っ払う行為のひとつなのかもしれません。

わたしは自分のことを書いたりはしませんが、それでも孤独のような感覚にある程度繋がっていけないと書けないかなと思います。それこそ例えばサンリオピューロランドに行った帰りとか、完全に脳天気になっては書けないと思う。話を戻せば、環境が変わってバラバラになっても、人々のなかにはどこか十代のような孤独なものがあって、そこに繋がっていくためには、孤独に共鳴する何かが自分のなかに必要なんだと思います。そしてそれこそが、わたしにとっては言葉であり、志磨さんにはロックなんじゃないかなと思いました。

その意味でも、『平凡』がリリースされたときに「CINRA」で公開されたインタビュー（「ドレスコーズ志磨遼平が、長髪に別れを告げた理由を語る」、「CINRA.NET」、二〇一七年）を読んで、一周回ってすごく真っ直ぐ、という感じがとても面白かったです。客観視しつつも、ご自身から離れないという、ミュージシャンって面白い存在だなと。

志磨 それはぼくが自意識をこじらせただけかもしれない。ひっくり返っただけというか。

最果 ひっくり返った自意識というのが特別だなと思いました。ミュージシャンってさっきも言ったように身体と紐付いているから、自意識がどうあるかということが大事になってくるじゃないですか。それこそ十代は自意識の塊で、大人になっていく上でそれとどう付き合っていくのかということが重要になっていくと思うんですが、何かをつくるにあたって自意識が薄くなってもダメだけれど、かといって若いころのままでいるというのは、すなわち単純にアップデートされていないということだからそれもよくない。

志磨 まさにインタビューで足をテーブルにのっけるような精神性ということですよね。

最果　だから『平凡』には自意識のありかたのひとつの進化形を見たような気がしました。歳を経てもロックをやっていくという、変わらないのも変わるのもいやだという人に対してのひとつの正解のような気がしました。

志磨　以前は、いちばん新しいアルバムがその時点で最も聴いてもらいたい作品で、昔の曲と比べたときに、なんで昔の方がいいという結論になるのかわからんと思っていたんです。でも『平凡』をつくってからは「今十代、二〇代の人たちは毛皮のマリーズを聴け」と思うようになった。きっとその年齢の人たちに届くような正解は、自分がそれぐらいのときに出していて、それはそれで「なかなかやるな自分」と思う。

　こういう裏返った自意識のようなものは三〇代以降の問題のような気がするんです。二〇代で『平凡』をかっこいいと思う人たちは勘がいいと思いますが、基本的には考える必要のないようなことだと思う。この作品が問題にしていることに肯くのは同世代だろうと、そう思えるものを初めてつくってしまった。『平凡』は歌詞を書くのがすごく楽しかったんです。この感覚は、歌詞をちょっとうまく書けるようになってきた十代のころ以来なんじゃないかなと。

最果　「ストレンジャー」という曲の「関わり合いのない／ところでだけ　有名なぼくは」という歌詞がすごくいいですよね。

志磨　ありがとうございます。ぼくは最果さんの「さようならがきれいに言えないから、きみは子供だ。」(「栞の詩」)というのが好きですね。

最果 お互いに言い合うという(笑)。

志磨 でも、ぼくも最終的には言葉であると思っているんです。音楽は、ロックひとつとってもいろいろあって、速いのが好きな人、まったりしたのが好きな人、英語で歌われたものが好きだったり、あるいは歌がいらないっていう人もいて、趣味がかなり細分化されている。だから誰かと繋がることができるとするなら、言葉でしかないだろうと。なので、ぼくはすごくおしゃべりで、人と話すのも書くのも好きなんです。

最果 言葉も売りものになると趣味が分かれるところはありますよ。音楽も同じですが、昔は自分がいいと思ったものがこの世でいいものなんだと思っていたら、みんなバラバラにいろいろなものが好きなんだということを知ってショックを受けました。

最初は、現代詩が好きで、そのなかでもわたしの作品を好きだと思ってくれている人たちが読んでくれているというちっちゃい空間で詩を書いていたのが、だんだん母数が増えていくにつれて、みんな言うことが全然違っていって、だからもうどの作品がいいのかとかを感想で判断することは難しくなってしまったんですが、みんなバラバラなんだなってはっきりとわかるのは、それはそれで面白いです。

志磨 ぼくもある時期までは頑なに信じていましたね。クラスで流行っているものがかっこいいものだと思っていたし、逆にいえば、かっこいいものが流行っていると感じられていた。あるいは、洋楽だったりインディーズだったり、誰も知らないかっこいいものを見つけて持っていくと友達にも響いていました。だけど二〇歳あたりを分岐点として、自分と同じくらいの年齢の人たちが表に出だすと、それが自分には共感できない、乗れないなというような感覚を覚え始めた。すでに自分もバンドをつくって始めていたというのもあると思います。

最果　他人事じゃなくなっちゃうんですよね。わたしも書くようになってから、ほかの人の文章を読んでいいなと思っても、いいなと思ったと同時に言葉が溢れて、何か書きたくなるようになりました。人はあまり書くことが好きじゃないというか、日常化していないということに気づいたのは大人になってからだったんですが、わたしは感情が動くと言葉が書きたくなる、みたいな変な習性がいつのまにか出来ていた。

志磨　音楽の場合、楽器の演奏とか、特殊技能的な面もあるけれど、言葉はみんなが使うものだから、今でいえばＳＮＳとか、ぼくらの世代はブログとかで急にすごい表現に出くわしたりしますよね。ぼくはそういうものも詩としてなんとなく捉えていて、誰でも詩人になりうるような気がします。それこそ酔っぱらったりするとみんなちょっとした詩人じゃないですか。だから今「詩」を書くっていうのはなかなか難しいでしょうね。

最果　わたしはあまり自分を詩人とは思っていなくて、そういうお仕事をもらって書いていたらここまできたという感じがあります。それこそ「みんな詩人だね」のなかのひとりだと思っていて、言葉はパッケージされた商品という感じがあまりしないんです。誰でも書けるもので、なぜこの言葉だけ値段がついているんだろうと思うことがある。だからこそ、そのなかにプライドを持って切り込んでいかなければいけない。でも、価値をつけるために作家としてのキャラクターを出して、ファンを獲得するというのは避けたいなと思っています。

志磨　すごく賢明な判断ですよね。ついそうしたくなってしまうものじゃないですか、人は（笑）。それにしても、言葉というものをめぐって、ひとつのことをずっとお話ししていたような気がします。ぼくはこれからもいち読者として最果さんの本を読んでいくので、またこういう「言葉ってなんだろう」というお話ができたらいいなと思います。

最果　こちらこそ、ありがとうございました。今日はありがとうございました。

初出：『ユリイカ』（青土社）二〇一七年七月号
インタビュー・テキスト：編集部

あとがき

話せば話すほど私が私の知らない誰かになっていくような、恐ろしさがいつもあって、私は会話が苦手だった。言葉というのは本当に私のものなのか疑わしい、それどころか声も表情も、私なのか疑わしい。何のために会話をしているのか。自分の意思を伝えるためなのか、自分の印象を良くするためなのか、相手の気分を損ねないためなのか、わからないまま目の前の誰かに対してただ必死で対応しようとして空洞となる。意味がないと思った、私が話す意味も、誰かが私と話す意味も。そして私はずっと会話が苦手なまま過ごしてきた。

会話することで自分が別人になることなど当たり前じゃないかと今は思う。言葉を書いていればいつも、私は私でなく別の何かがそれを書いているような錯覚に襲われる。言葉が私の知らないところで加速し、予定外のところへと向かっていく、それを面白いと思っていた。私は、言葉が言葉として自律することを期待して言葉を書いていた。

私のものになることなどなかった。言葉の向こう側には読む人がいて、その人たちの感情や思考をコントロールできるわけがないのだから、それらとつながっている言葉をコントロールできるわけがない。私から見えた言葉など、言葉の一つの側面でしかなく、すべてを抱えるように書くことなんてできない。誤解だとか本来の意図だとかはもはや大した問題ではなかった。だって、私は、私のものになどならない、そんな言葉を愛している。そして、話す言葉も私はまた、愛していけるはずだった。

うまく話すことなど永遠にできないと知っている。話すことで何もかもが伝えられるとは思えない。そして、そんななかで話す意味があるのか、ということもわからないままだった。いや意味など本当に必要なんだろうか。

私とその人が向かい合って、言葉を交わしている。互いの人生が全く異なるように、互いが見ている言葉の姿はきっと違っていて、すべてが伝わることも、すべてが共感や賛同に変わることも、ありえないまま、通じ合わないまま。それでも、だから、私はその人が話す言葉を追いかけていける。私たちは誰も、言葉の全容を知らず、知らないことで恐ろしさや不安を抱え、叶わないとわかっていながら、ただ闇雲に、すべてを知りたいと願った。追いかけ続けていた。そして、だからこそ私たちは、言葉のなかでつながっていける。共感など、理解など、必要のないまま。

このような機会をいただけたこと、本当に光栄に思います。言葉の果てに何があるのかわかることなどないかもしれないけれど、それでも私は追いかけ続けたいです。言葉を愛する方法は、きっとそれしかありません。

最果タヒ

著者略歴

最果タヒ（さいはて・たひ）

一九八六年、神戸市生まれ。二〇〇四年、インターネット上で詩作を始める。二〇〇八年、『グッドモーニング』で中原中也賞を受賞。二〇一五年、『死んでしまう系のぼくらに』で現代詩花椿賞を受賞。その他の詩集に『空が分裂する』『夜空はいつでも最高密度の青色だ』『愛の縫い目はここ』。小説に『星か獣になる季節』『かわいいだけじゃない私たちの、かわいいだけの平凡。』『渦森今日子は宇宙に期待しない。』『少女ABCDEFGHIJKLMN』、エッセイ集に『きみの言い訳は最高の芸術』がある。

ことばの恐竜　最果タヒ対談集

2017年8月25日　第1刷印刷
2017年9月5日　第1刷発行

著者　最果タヒ
発行者　清水一人
発行所　青土社
101-0051　東京都千代田区神田神保町 1-29　市瀬ビル4階
電話　03-3291-9831（編集）　03-3294-7829（営業）
振替　00190-7-192955

装丁　三重野 龍
印刷・製本　ディグ

ISBN978-4-7917-7008-3　Printed in Japan